Por Alfie

até o último acorde

JONNIE DANTAS

POR ALFIE

até o último acorde

Rocco

Imagens de abertura e capítulos: FreePik
Ilustração da página 113: cyberteyu

Direitos desta edição reservados à
EDITORA ROCCO LTDA.
Rua Evaristo da Veiga, 65 – 11º andar
Passeio Corporate – Torre 1
20031-040 – Rio de Janeiro – RJ
Tel.: (21) 3525-2000 – Fax: (21) 3525-2001
rocco@rocco.com.br
www.rocco.com.br

Printed in Brazil/Impresso no Brasil

Preparação de originais
MANU VELLOSO

CIP-BRASIL. CATALOGAÇÃO NA PUBLICAÇÃO
SINDICATO NACIONAL DOS EDITORES DE LIVROS, RJ

D213p

Dantas, Jonnie
Por Alfie : até o último acorde / Jonnie Dantas. - 1. ed. - Rio de Janeiro : Rocco, 2024.

ISBN 978-65-5532-443-3
ISBN 978-65-5595-266-7 (recurso eletrônico)

1. Ficção brasileira. I. Título.

CDD: 869.3
24-91665 CDU: 82-3(81)

Meri Gleice Rodrigues de Souza - Bibliotecária - CRB-7/6439

O texto deste livro obedece às normas do
Acordo Ortográfico da Língua Portuguesa.

Para todos aqueles que encontraram conforto
e inspiração na música, e também para
os que foram salvos por ela.

PARTE I

CIGARROS SELVAGENS E ROCK'N'ROLL

Nossa cidade é tão pequena
E tão ingênua
Estamos longe demais
Das capitais

— "LONGE DEMAIS DAS CAPITAIS"
ENGENHEIROS DO HAWAII

No outono de 1984, Oliver da Rosa Park viu Arthur Becker pela primeira vez.

Nunca esqueceria aquela imagem, o garoto apoiado no muro da escola, com uma pose rebelde e desleixada e um cigarro preso entre os lábios. Ele vestia uma calça jeans justa, surrada e com rasgos nos joelhos, uma camiseta preta dos Ramones e uma jaqueta de couro com cara de velha. A pele pálida estava corada pelo frio, e os cabelos, cortados em um mullet e tingidos de vermelho vivo, eram bagunçados pelo vento.

Oliver nunca tinha visto alguém tão bonito.

— Tá olhando o quê, moleque? — o garoto perguntou, grosseiro, ao notar que era observado. A fumaça do cigarro foi soprada em seu rosto, e Oliver sentiu algo em seu estômago revirar.

Não respondeu. Abaixou a cabeça, constrangido, e continuou seu caminho, o coração batendo forte.

Estava apaixonado.

Pelo menos achava, com a ingenuidade de seus quase catorze anos, que era aquela a sensação de se apaixonar por alguém.

Oliver tinha uma maneira simples de ver o mundo, não pensava profundamente sobre as coisas. Não importava que Arthur fosse um garoto, para ele era algo espontâneo e orgânico. Como respirar. Como ouvir uma fita K7 dos Beatles e pensar que, *uau, aquela era a melhor banda do mundo*. Não se interessava por garotas, não daquele jeito. Era tão natural que nunca pensou no que aquilo significava.

Depois daquela manhã de outono, Arthur nunca mais deu qualquer indício de notar sua existência. Era de se esperar. Oliver descobriu que ele era apenas um ano mais velho, apesar de aparentar mais, e ele mesmo não passava de um repetente da sétima série enquanto Becker era um veterano do primeiro ano. Ele tinha uma banda, era descolado e vivia cercado de garotas. Mas Oliver suspeitava que, apesar disso tudo, Arthur era solitário. Tinha essa suspeita porque o observava mais do que deveria. Mesmo sendo popular, ele estava sempre deslocado, fumando um cigarro atrás do outro.

Todos naquela cidadezinha da serra gaúcha eram, em certo nível, solitários. Bruma do Sul era um lugar cinza e introspectivo, com ruas pequenas e introspectivas, com moradores frios e introspectivos.

Arthur Becker parecia solitário, mesmo cercado pelos amigos da banda. Oliver conhecia aquela sensação, apesar de não ter amigo nenhum. Ele parecia ter deixado quem era em São Paulo, junto com o pai, a sete palmos abaixo da terra.

Oliver se mudara com a família para aquela cidade em 1981. A mãe tinha uma prima ali disposta a ajudá-los financeiramente e, como a prima estava se mudando para a capital, abriu a casa para eles. Filho de mãe brasileira e pai coreano, Oliver não demorou para notar que eles eram uma das poucas famílias que não pareciam se encaixar em uma cidade pequena e retrógrada como Bruma do Sul. Ouviu falar que existia uma pequena comunidade de famílias com descendência de países do leste asiático em um dos bairros, mas não tinha muita coragem de tentar se enturmar.

Desde então, Oliver se tornara introvertido e desajeitado e nunca conseguira fazer amizade com os colegas de classe. Não ajudava em nada ter ficado um ano atrasado na escola, por conta da mudança de cidade. Mas ele não se importava, preferia passar as tardes lendo quadrinhos a ir ao fliperama com os garotos da sua idade.

Certo dia, Oliver esbarrou em Arthur no banheiro da escola. Ele estava no mictório, e Oliver hesitou pelo menos dez segundos antes de ocupar o da ponta oposta, fazendo um esforço descomunal para não olhar para o garoto quando observá-lo era sua coisa favorita no mundo inteiro.

Ouviu uma risada soprada, quase um som de deboche, ecoando pelas paredes do banheiro. O estômago ferveu com nervosismo quando olhou para Arthur e viu que ele o encarava de volta com as sobrancelhas arqueadas em uma provocação muda. Aquele olhar compartilhado fez seu coração doer.

Mais tarde, quando estava na biblioteca durante o intervalo entre as aulas, Oliver puxou um dicionário da estante, ajeitou os óculos de grau no rosto e abriu no índice da letra "A". Escreveu "Arthur" ao lado da definição de "arte", pensando que estava perdendo a cabeça. Oliver sentia que perdia a cabeça toda vez que pensava em Arthur Becker, com seu jeans colado e olhos selvagens.

Oliver tinha dois talentos: matemática e música. Ele nunca tinha precisado estudar para se sair bem em uma prova de álgebra. E a música já fazia parte dele.

Era uma tarde quente do verão de 1985 quando Oliver encontrou um violão. Ele estava no ferro-velho onde costumava passar o tempo depois da aula, deitado em um sofá encardido que havia sido abandonado ali. Muitas coisas interessantes eram abandonadas no ferro-velho. Ele passava tardes inteiras naquele lugar e gostava de quebrar garrafas de vidro com pedras ou pedaços de pau, aproveitando para ser inconsequente longe dos olhos da mãe.

Naquela tarde em específico, Oliver lia a edição da semana do Homem-Aranha, seu super-herói favorito, quando ergueu o olhar e reparou naquele violão velho apoiado em uma geladeira quebrada, as cordas brilhando ao sol. Era um Silvertone bem maltratado, mas, ainda assim, pareceu incrível aos seus olhos. Aquele foi seu primeiro violão.

Pendurou-o às costas pela alça desgastada e, antes de ir para casa, passou na banquinha da esquina e comprou uma revistinha de música com o troco do dinheiro do quadrinho. A mãe dele estava trabalhando e a irmã, Sophia, o evitava o máximo que podia, então a casa estava vazia quando Oliver chegou. Correu para a sala e sentou no sofá, com o violão no colo. Não encostou nas cordas, apenas batucou na madeira, apreciando o som oco da caixa. Sorriu, empolgado, e abriu a revista.

Primeiro, tentou alguns acordes. Ainda sabia fazer *mi*, *ré* e *lá* e lembrou-se da voz do pai dizendo que aqueles eram os primeiros acordes para o rock'n'roll. O pai costumava dizer que, com aqueles acordes, poderia tocar um repertório inteirinho de músicas. Treinou os acordes por horas a fio, até os dedos doerem, e no final da tarde já conseguia trocar de um acorde para o outro sem muita dificuldade. Era estranhamente fácil para ele. Ainda precisava descobrir como afinar o instrumento. Talvez levasse o violão na loja de música.

Oliver folheou a revistinha e lá estava. "I Just Want To Have Something To Do", do Ramones. Lembrou da camiseta velha que Arthur usava na primeira vez em que o viu e, com certa inocência, pensou que, se aprendesse a tocar aquela música, talvez o garoto o notasse. Com isso em mente, Oliver tentou os primeiros acordes da música. Os dedos doeram e o som saiu abafado, mas aquela melodia explodiu dentro dele.

Foi desse jeito que a música se tornou parte da vida de Oliver. Com a música, veio Arthur Becker.

Em 1986, Oliver entrou para o segundo grau. Era o único da sua antiga turma que não estava preocupado se levaria as amizades do ginásio para aquela nova etapa. Continuava sendo o mesmo garoto introvertido de antes, que passava as tardes no ferro-velho lendo gibis ou tocando violão. Não podia tocar em casa porque a mãe daria um jeito de se livrar do instrumento, como tinha feito com os do pai, e Sophia detestava o barulho. Às vezes, Oliver tocava perto dela apenas para provocá-la. Para conseguir um pouco de atenção.

Oliver não esperava grande coisa do segundo grau. Na verdade, desde que o pai morrera, ele não esperava grande coisa da vida em geral. Era como se vivesse na inércia. De vez em quando se sentia tão anestesiado que tudo era entediante. Menos a música. A música era a única coisa que fazia Oliver sentir alguma coisa de verdade.

Junho de 1986. Era o início do inverno e o aniversário de dezesseis anos de Oliver. Caía em um sábado, e ele não tinha planos de comemorar. Ninguém sabia, além da mãe e da irmã — isso se Sophia sequer se lembrasse.

Oliver não gostava de fazer aniversário. Eram dias em que a ausência do pai era como um peso físico que carregava nos ombros. Ele não estava ali para cantar parabéns em coreano ou fazer *miyeokguk* no café da manhã só para Oliver. Queria tanto contar ao pai que estava tocando violão. Também queria contar a ele que gostava de alguém. Queria contar que às vezes se sentia feliz. Queria contar sobre quando não se sentia assim também. Queria, queria. Queria tanta coisa.

O fantasma dele não estava apenas no sótão com o que restava dos seus pertences, estava em todo lugar, e Oliver parecia ser o único a enxergá-lo.

Levantou da cama e tentou parecer animado quando a mãe o abraçou.

— Você está cada dia mais parecido com... — Tarsila não terminou. Não ousava mencioná-lo. Mas Oliver entendeu e deixou ela passar a mão pelo seu rosto. O sorriso dela era amargo. Não era um elogio, aquilo não era uma coisa boa.

Não teve bolo nem parabéns, mas Oliver não se importava. Também não se importava com presentes, mas, na garagem, uma bicicleta o esperava. Não era nova, e a tinta amarela estava gasta e arranhada, mas era perfeita.

Oliver percorreu Bruma do Sul inteira em cima daquela bicicleta.

Aos dezesseis anos, ele já não pensava tanto em Arthur Becker. O que sentiu por ele durante todo o ano de 1985 havia sido substituído por uma admiração quase imaculada. Ainda esbarrava com ele de vez em quando pelos corredores da escola ou via seu carro chamativo pelas ruas da cidade. Ver Arthur sempre causava um frio bobo na barriga de Oliver, mas ele sabia que era algo totalmente platônico e se contentava em idealizá-lo de longe.

Nas férias do verão de 1985, havia assistido a um show da banda dele no ginásio da escola. Não quis se aproximar do palco e preferiu observar à distância, o coração pulando toda vez que reconhecia uma música tocada pela banda. Arthur havia cantado sua música favorita do momento, "Love of My Life", do Queen. Oliver descobriu aquela música enquanto assistia ao Rock in Rio daquele ano, e se impressionou com a energia da banda e com a plateia inteirinha cantando junto. Foi lindo e, ao ouvir Arthur cantar aquela música, de um jeito tão lindo quanto, Oliver decidiu desistir daquela paixão adolescente. Alguém como Arthur nunca olharia para ele.

Faltando algumas semanas para as férias de inverno, Oliver estava caminhando até a sala de aula quando se deparou com um cartaz preso ao mural do corredor. "Procura-se guitarrista-base", dizia com grandes letras recortadas de jornal. Abaixo, um espaço em branco para que os interessados se identificassem. Só tinha o nome de um garoto escrito ali, que Oliver reconhecia porque estudavam juntos. Não sabia que ele tocava guitarra. Oliver também não sabia tocar, mas escreveu seu nome e sua turma mesmo assim. Não podia ser muito diferente de violão, pensava.

Só havia duas bandas naquela escola. Talvez na cidade inteira. Uma tocava música gospel e a outra era a de Arthur. Ele tinha certeza de que na primeira só usavam violão, então restava a banda de Becker.

Passou a semana que se seguiu mergulhado em ansiedade. E a outra também. Todos os dias ele passava em frente ao cartaz, e os dois nomes permaneciam ali, os únicos. Cada vez que batia os olhos no próprio nome tinha vontade de riscá-lo. O que estava pensando? Não sabia tocar guitarra. Se fosse chamado, passaria vergonha na frente de Arthur. Não seria chamado, de qualquer jeito. Tinha certeza disso.

Oliver frequentemente se enganava sobre as coisas.

Em uma terça-feira, depois que o sinal tocou para indicar o final do período de história e início do intervalo, Oliver estava levantando da cadeira quando viu um colega de classe apontando em sua direção lá da porta, antes de sair para o corredor. O garoto falava com uma menina baixinha de cabelos escuros e compridos. Não lembrava de já tê-la visto antes.

— Tu que é o Oliver? — ela perguntou ao se aproximar de onde ele estava.

Ele assentiu, hesitante. De perto, era possível ver as sardas que se espalhavam pelo rosto da garota, assim como as sobrancelhas e cílios claros. Ruivos. O cabelo tingido de preto, abaixo dos ombros, contrastava com a pele clara. As roupas — um blusão largo, jaqueta jeans e uma saia longa — também eram pretas, desbotadas de tantas lavagens. Era tão pequena que parecia ter uns doze anos, talvez treze.

— Vem comigo — ela falou em tom de ordem. Parecia muito prepotente para alguém daquele tamanho.

— Por quê? — perguntou ele, mas ela já estava no corredor. Os passos eram rápidos demais para quem usava coturnos pesados como aqueles. Oliver se apressou em alcançá-la. — Onde estamos indo?

— Auditório.

Oliver ajeitou os óculos, nervoso. Auditório. Só podia ser a audição para guitarrista, mas não sabia quem era aquela garota. Tinha certeza de que ela não era da banda de Arthur. Talvez houvesse se enganado e se candidatado para a banda errada. Talvez fosse melhor assim. Ele já estava tentando pensar em alguma desculpa para recusar o convite, porque não gostava nem um pouco de música gospel.

A pessoa parada em frente ao auditório provou que ele estava errado. Arthur Becker. Oliver congelou por um momento. Arthur estava apoiado à porta com uma postura despojada de quem parecia não ter nenhuma preocupação na vida, brincando com um isqueiro. Vestia uma camiseta preta do Black Flag, a mesma jaqueta de couro velha e uma calça jeans rasgada. Oliver se sentiu meio estúpido por estar tão ansioso. Arthur sequer devia se lembrar dele.

Oliver parou em frente a ele e, sem saber o que fazer com as mãos, as enfiou no bolso do moletom enquanto o outro garoto o observava, parecendo avaliá-lo. Não conseguiu retribuir o olhar por muito tempo. De repente, contra tudo que acreditava, lá estava a paixão adormecida por dois anos fazendo seu estômago se revirar.

— Arthur — ele se apresentou, estendendo a mão. — As pessoas me chamam de Arte.

Arte.

Era apropriado.

— Eu sei — Oliver respondeu, mas se arrependeu no instante em que ele o olhou com uma sobrancelha erguida.

Apertou a mão dele. Era fria e firme. Aquele contato foi quase um choque para Oliver. Ele se apressou em ajeitar os óculos grandes no rosto quando as mãos se afastaram.

— Entra — Arte ordenou ao abrir a porta.

— Por quê? — perguntou, se sentindo um idiota.

Becker olhou para ele como se também o achasse muito idiota.

— Porque estou dizendo, moleque.

Arte não esperou uma resposta e entrou no auditório. Oliver, durante um segundo inteiro, ainda foi capaz de sentir os efeitos daquele olhar selvagem. De repente, estava tão nervoso que não achava que conseguiria se mexer. Que ideia de merda ter se inscrito para ser guitarrista. Não sabia o que estava pensando quando acreditou que conseguiria fazer aquilo.

— Anda logo — disse a garota ao seu lado. Oliver tinha se esquecido dela.

Colocou as mãos de volta nos bolsos e entrou no auditório. Ele parecia enorme, vazio e escuro naquele momento. Somente as luzes do pequeno palco estavam acesas, onde Arte arrumava os instrumentos com a ajuda de outros dois garotos que Oliver sabia também serem da banda. Ficou parado no meio das escadas e viu a garota de preto se sentar em uma das poltronas mais ao fundo, colocando os fones de ouvido do Walkman que tirou do bolso do casaco. Ela revirou os olhos ao perceber que estava sendo observada e fez um sinal para que ele continuasse andando.

Oliver se aproximou do palco, tentando não parecer tão nervoso quanto se sentia.

— Ei, Oliver, certo? — perguntou um dos garotos.

Ele tinha a pele negra e os cabelos escuros moldados em um topete cheio de gel. Usava uma jaqueta jeans clara, do mesmo tom da calça, e um All Star branco muito limpo. Era mais baixo do que Oliver, e parecia ter mais ou menos a altura de Arte. Oliver assentiu.

— Eu sou o baixista, Dani — disse ele. — Esse aqui é o Leo, nosso guitarrista solo.

— E aí. — Leo parou de afinar a guitarra e ergueu dois dedos, formando um V em cumprimento. Oliver sabia que ele fazia parte de uma das quatro famílias chinesas da cidade. Ele era bronzeado e parecia mais um esportista, alto e com o corpo atlético, usando aquela camisa vermelha do Internacional, shorts curtos e tênis Kichute, com os cadarços amarrados na canela.

— Arte você já conheceu — continuou Dani. Oliver controlou a vontade de procurá-lo no palco e assentiu outra vez. Ele aumentou a voz: — E aquela lá é a Aline, nossa mascote.

— Teu cu — gritou a menina em resposta.

— Um amor. — Dani sorriu. — Ela fica nos ensaios de vez em quando, mas não faz parte da banda. É a irmã do baterista, Johnny. Ele ainda não chegou.

— Esse merdinha tá atrasado de novo — Leo disse, então apontou para Oliver. — Se tu conhecer algum baterista, avisa, porque essa vaga vai abrir já, já.

— Essa semana tu se atrasou mais do que ele, seu cara de pau — Dani rebateu.

— Eu tenho motivos, ele tem prazer em deixar a gente plantado nessa porra. É um sádico, cê vai ver. Só de olhar na cara dele dá pra saber que é mau-caráter.

A conversa se encerrou quando Arte se aproximou dos três e estendeu uma guitarra na direção de Oliver, já conectada ao amplificador. Era uma Giannini Stratosonic vermelha, linda. Oliver quase ficou sem ar ao vê-la.

— Mostra o que sabe fazer — Arte disse, tirando um maço do bolso da jaqueta e puxando um cigarro. Acendeu-o, apesar da placa de "Proibido fumar".

— E se liga que essa guitarra é minha — Leo avisou.

Oliver assentiu, engolindo em seco. Colocou a alça do instrumento e se posicionou com a guitarra. Empurrou os óculos em um reflexo nervoso e tentou esquecer que estava sendo observado por outras pessoas, mas era impossível ignorar o olhar pesado de Arte. Não sabia o que fazer com toda aquela atenção.

Passou o polegar pelas cordas, sem fazer acorde algum, só para experimentar. Deu um pulo com o som poderoso da guitarra, não esperando todo aquele volume. Tentou um *mi*, *ré* e *lá*, os primeiros acordes para o rock'n'roll, encontrando-os com facilidade no braço do instrumento. Então, emendou "I Just Want To Have Something To Do", a primeira música que aprendera a tocar. A música que aprendera por causa de Arte.

Os primeiros acordes saíram um pouco desajeitados. Tinha certeza de que não estava no tom certo, ou talvez a guitarra não estivesse bem afinada. Apesar disso, Oliver tocava razoavelmente bem. Os dedos eram ágeis e já tocava bem melhor, depois de dois anos de prática. Já tinha calos e conseguia tirar sons precisos. Cantou baixinho com um inglês enrolado, tímido, a voz mal aparecendo por conta do som da guitarra. No final da música, Arte jogou o toco do cigarro no chão e pisou em cima com o coturno, soltando uma última lufada de fumaça.

— Ramones. Boa escolha.

O coração de Oliver batia tão forte que seu peito parecia prestes a explodir. Ansioso demais, tentou arrumar os cabelos ondulados escuros e bagunçados.

— Já tocou guitarra antes? — Leo perguntou.

— Não — Oliver respondeu, arrependendo-se por não ter dito isso antes. — Só sei tocar violão.

— Dá pra ver — Leo disse. — Ramones é só *power chords*, mas tu deveria ter usado um lá menor aqui.

Usou a guitarra para demonstrar o acorde, repetindo-o.

— Toca outra — Dani pediu, colocando a alça do baixo no ombro.

— Sabe "Should I Stay or Should I Go"? — Arte perguntou.

— O tom é em ré maior, caso não saiba — Leo informou.

Oliver assentiu. Lembrava vagamente de ter visto a música em uma das revistas que comprara, mas ela tinha um riff marcante e, mesmo que não soubesse exatamente como tocar, era fácil de encontrá-la no braço do instrumento.

Nervoso, tocou *ré* e os primeiros acordes, aliviado por ter acertado de primeira. Repetiu o riff, respeitando o tempo da música. Então, Leo entrou com a segunda guitarra e Dani não ficou atrás com o baixo, sorrindo para Oliver em um incentivo mudo.

A porta do auditório se abriu com estrondo. Por ela, entrou um garoto de cabelos alaranjados, tropeçando nos próprios pés. Todos pararam de tocar.

— Tá atrasado de novo, seu merda! — Leo gritou, recebendo um dedo do meio do ruivo.

— Tá fazendo o que aqui, chinelona? — o recém-chegado perguntou, tirando a mochila para jogar em cima de Aline, que parecia estar cochilando. Ela acordou em um pulo, os fones caindo.

— Não sou a porra da tua babá.

A garota imitou o irmão, mostrando o dedo do meio para ele.

— Deixa ela e vem logo, Johnny — Dani pediu.

O garoto se aproximou do palco e encarou Oliver, que se sentiu intimidado logo de cara. Johnny era mais alto do que Oliver e usava uma jaqueta jeans cheia de bottons de bandas de punk, uma camiseta dos Sex Pistols, calça preta rasgada e coturnos com spike. Seu rosto branco era repleto de sardas como o da irmã, e os cabelos eram espetados, tingidos de laranja vivo, porque aparentemente ser ruivo natural não bastava. Os olhos verdes eram destacados pelo lápis preto e ele tinha o nariz torto, como se tivesse sido quebrado no passado e se recuperado mal. Oliver já tinha visto Johnny se meter em várias brigas no pátio da escola.

— E esse moleque aí? Tá perdido? — Johnny perguntou, em tom rude. Era o tipo de pessoa que falava como se quisesse comprar uma briga com todo mundo.

— Acontece que tu se atrasou pra audição dele, bostão — Leo explicou. — A gente tá testando ele pra guitarrista-base.

Johnny olhou Oliver de baixo para cima.

— Puta que pariu — disse, muito eloquente, e tirou as baquetas de dentro do coturno. Apontou uma bem no rosto de Oliver e não disse nada, seguindo para a bateria.

— É "Should I Stay or Should I Go" — Dani avisou.

— Tão pegando leve com ele, hein — Johnny resmungou, pisando nos pedais da bateria para testar o som.

Oliver olhou para Arte. Ele era o mais quieto da banda, como tinha imaginado, e só falava quando realmente necessário. Ainda assim, todos sempre pareciam ouvi-lo. Arte retribuiu seu olhar e o contato durou apenas um segundo, mas foi o suficiente para fazer com que Oliver ficasse com o coração aos pulos outra vez. Becker assentiu, indicando para que retomasse a música. Todos estavam esperando.

Oliver tocou os primeiros acordes da música, agora mais confiante. Leo entrou nos intervalos com um som breve da guitarra, exatamente como na música. Então, baixo e bateria se uniram e Oliver só conseguia pensar que o som deles estava incrível.

Arte caminhou até o microfone e começou a cantar.

— *Darling, you've got to let me know* — a voz soou clara e confiante, o inglês perfeito.

Oliver sentiu a mesma sensação de quando o ouviu cantar pela primeira vez naquele verão de 1985. Arte cantava bem, mas era o jeito como ele se portava com o microfone que o fazia dominar toda atenção. Uma mistura de Bowie com Billy Idol, e algo cínico que lembrava Cazuza. A voz arrastada, provocante. Os olhos selvagens. A postura confiante de quem sabia o que estava fazendo. Para ser sincero, era injusto que alguém como ele existisse.

Quando o refrão chegou, Oliver se atrapalhou um pouco por causa da velocidade e por não estar muito certo do tempo da música. Mas se preocupou em fazer a base e deixou que Leo cuidasse das partes mais difíceis. Dani e Johnny assumiram o backing vocal e pareciam se divertir fazendo isso, como se fosse uma brincadeira interna. Oliver se pegou deixando escapar uma risada com os dois gritando em espanhol no fundo.

Depois disso tocaram mais uma música. Arte escolheu "Tempo perdido" e Oliver sabia tocar essa muito bem. Quando terminaram, o silêncio que tomou conta do auditório era quase palpável. Arte ficou olhando para a guitarra que Oliver segurava de forma ansiosa, parecendo pensativo. Então assentiu.

— Foi ruim, mas até que leva jeito. — Cruzou os braços e se apoiou na parede, cheio de pose. — Vai precisar praticar. O que vocês acham?

Oliver trocou o peso do corpo para o outro pé, nervoso. Queria que eles não estivessem discutindo isso na frente dele.

— O Carlos era melhor, mas ele era um lixo — respondeu Leo.

— Foda-se aquele filho da puta, vou afofar ele no soco — Johnny rebateu. — O otário nos deixou na mão logo antes de um show, não se fala mais o nome dele aqui.

— É entre ele e o outro moleque — Arte apontou.

— Gostei dele — Dani disse.

— Vou ter muito trabalho. — Leo respirou fundo, passando a mão pelo rosto. — Ele precisa aprender muita coisa, e o show tá logo aí.

— Consegue dar umas aulas pra ele? — Arte perguntou, calmo.

— Acho que sim — respondeu Leo, como se a resposta doesse. Arte assentiu.

— Johnny?

— Não sei. — Johnny olhou para Oliver, coçando o queixo com a baqueta. — Zero estilo, né. Estraga o visual da banda.

Oliver olhou para as próprias roupas: um moletom cinza e calça jeans clara. Não sabia o que tinha de errado com isso.

— Nisso se dá um jeito — Dani rebateu. — E só é importante em show, deixa ele.

— Bom, Jorginho que se vire. — Johnny deu de ombros.

— Não me chama assim — Leo avisou, apontando o dedo para o baterista.

— É o nome que a tua querida mãe te deu, Jorge Leonardo. Tenha consideração.

— Tá bom, *João* — Leo rebateu e precisou desviar da baqueta que foi jogada em sua direção.

Arte ponderou por alguns momentos. Então, puxou um cigarro do maço e o acendeu, olhando para Oliver.

— Vai querer tocar? — Arte perguntou, a voz rouca por conta da fumaça presa na garganta.

— Eu não sou muito bom, não quero dar trabalho — respondeu e depois ajeitou os óculos.

— Relaxa, moleque. Só precisamos saber se tu tá dentro — Arte esclareceu, chegando perto e deslizando os dedos pelas cordas de aço da guitarra. Oliver quase não conseguia respirar.

— Tô dentro.

Arte soprou a fumaça na cara dele. Exatamente como tinha feito dois anos atrás e provocando o mesmo sentimento. A diferença é que, dessa vez, ele sorria. Um sorriso torto e sacana.

— Bem-vindo aos Skywalkers.

O nome era terrível, mas a sensação de tocar naquela banda, com Arte Becker, era tão incrível que parecia um sonho.

Oliver tinha exatamente um mês para praticar até a apresentação da banda na festa junina da escola. Parecia impossível aprender toda a setlist em tão pouco tempo, mas, ao menos, tinha Leo para ajudá-lo. Depois da aula, ia até a casa dele, que ficava na pequena comunidade chinesa da cidade, e lá ensaiavam na garagem. Johnny estava sempre por lá, já que guardava sua bateria na garagem de Leo, dizendo que não podia levar para casa por causa de seus irmãos.

Oliver preferia que ele não fosse naqueles ensaios com Leo, porque o ruivo esbanjava antipatia com seus comentários ácidos a cada vez que Oliver errava algum acorde, colocando ainda mais pressão em cima dele para que tudo saísse certo. A princípio, Oliver não gostou dele. Até perceber que Johnny era assim com todo mundo, inclusive com Leo, que era seu melhor amigo, e até com a irmã mais nova.

Em algumas tardes, Aline também aparecia nos ensaios na garagem com Johnny. Quando estavam juntos, os dois passavam a maior parte do tempo trocando ofensas. Apesar disso, Aline não falava muito e apenas os observava tocando, ou então passava o tempo lendo, sempre com algum livro na mochila. Oliver achava que ela não tinha muitos amigos.

Apesar de ser um bom observador, ele ainda sabia muito pouco sobre os caras da banda além do básico. Johnny, com seus dezessete anos, estava no terceiro ano e era colega de turma de Arte. Oliver suspeitava que Johnny e Aline não tinham um bom relacionamento com a família, pois em Bruma do Sul corriam boatos de que os irmãos mais velhos dos dois sempre estavam metidos em alguma coisa. Um deles, inclusive, estava preso em uma cidade vizinha por roubo, diziam. Oliver não tinha certeza, mas também não perguntaria.

Já Leo era o que chamavam de filhinho de papai e sempre tinha Coca-Cola na geladeira. Ele tinha acabado de fazer dezoito anos e chamado Oliver para a festa. Era filho único, recém-formado. Ele só podia participar dos ensaios da banda, que às vezes aconteciam no auditório da escola, porque era um dos queridinhos da diretora e era conhecido pela cidade inteira por ter jogado no time de futebol antes de entrar na banda. Oliver achava que os pais dele não haviam gostado muito dessa mudança, porque com alguma frequência a mãe dele interrompia os ensaios na garagem e mandava todo mundo embora.

Também tinha Dani, com quem Oliver não falava muito, porque ele estava sempre ocupado estudando quando não estava nos ensaios, já que, assim como Oliver, também havia repetido de ano, e tentava compensar tirando as melhores notas da turma. Dani tinha dezessete anos e estava no segundo ano, era inteligente e sabia muito de música. Era o único dos veteranos que não fumava nem falava palavrões o tempo inteiro. E era ele o primeiro a separar as brigas de Johnny e Leo quando os dois resolviam sair no soco. Apesar do pouco contato, Oliver achava Dani uma pessoa fácil de conversar e que sempre tinha um sorriso para oferecer. Gostou dele logo de cara.

Quanto mais tempo eles passavam juntos durante e depois dos ensaios, mais Oliver ficava próximo dos garotos. Descobria aos poucos o que era ter amigos. Eles o tratavam de igual para igual, mesmo que Oliver fosse o mais novo da banda. Arte Becker era o único que não interagia muito — com nenhum deles. Sempre ficava calado, fumando um cigarro atrás do outro, de um jeito quase compulsivo.

Oliver, mesmo depois de tanto tempo, não conseguia perder o hábito de observá-lo. Gostava de ouvir Arte cantar, principalmente. Quando ele cantava, parecia ter uma energia que beirava o indecente.

Diversas vezes, Oliver fora flagrado encarando-o por mais tempo do que deveria. Arte apenas erguia as sobrancelhas em sua direção, completamente sério. Vez ou outra, um sorrisinho cínico dava o ar da graça, e era nessas horas que ele achava que ia morrer.

Oliver queria ter coragem de falar com Arte, mas achava que não tinha nada de interessante a dizer. Então, se esforçou em focar nos ensaios e parar de pensar tanto nele.

Naquele dia, estava mais uma vez na garagem de Leo para aprender uma música nova. Leo tinha vários instrumentos (a família tinha mesmo bastante dinheiro) e tocava uma Tonante. O rádio estava ligado na estação local e "Entra nessa", do TNT, tocava ao fundo.

— Vou pegar o telefone, já volto.

Leo saiu da garagem. Telefone também era coisa de rico.

— Pra quê? — Oliver perguntou.

— Pra afinar os instrumentos — Johnny respondeu. Ele estava jogado em um puff e já fazia alguns bons minutos que girava uma baqueta nos dedos.

Oliver não entendeu e ficou em silêncio, decidindo que era melhor esperar para ver. Leo voltou com o aparelho debaixo do braço, esticando o fio que vinha da cozinha. Colocou-o em cima da mesa e tirou o fone do gancho, colocando-o na orelha. Parecia ouvir atentamente o som de espera da linha e tentou reproduzi-lo na guitarra, mexendo nos afinadores logo depois. Leo estava afinando a corda *lá*, usando o tom do sol sustenido da espera. Oliver achou genial, já que assim todos ficavam no mesmo tom. Ainda assim, parecia complicado.

— Por que não comprar um afinador na loja? — perguntou Oliver.

— Somos contra o sistema — Johnny respondeu. Não fazia sentido algum, mas Oliver não contestou.

Naquele dia, Leo ensinava Oliver a tocar "Paint It, Black" dos Rolling Stones, e já fazia duas horas que estavam repetindo o mesmo trecho porque Oliver não conseguia executá-lo como Leo esperava. Johnny estava tão entediado que jogava dardos com Aline, que chegou depois, e os dois pareciam furar a parede da garagem de propósito.

— Não, cara, tu continua fazendo errado — Leo o interrompeu pela milésima vez.

Oliver tinha certeza de que o outro só estava sendo insuportável de propósito, porque não era possível que continuasse errando. Demonstrando o ritmo na própria perna, Leo insistiu:

— Presta atenção no tempo. Entendeu onde cê tá errando?

Oliver não tinha entendido. Parecia certo para ele.

— Jorginho, seguinte... — Johnny se pronunciou. — Eu tô com fome.

— E eu com isso?

— Compra umas fritas pra mim.

Jogou o último dardo.

— Compra umas fritas pra *nós* — Aline completou. — Teu pupilo deve estar com fome também.

Leo respirou fundo e colocou as mãos na cintura. Parecia uma mãe desapontada.

— Oliver precisa aprender essa música, cara.

— Tu tem que reconhecer um caso perdido quando encontra um. — Johnny passou o braço sobre os ombros da irmã. Aline prontamente o empurrou. — Eu e a coisa ruim aqui vamos pegar fritas e os otários podem continuar nesse inferno.

— Tá, tá. — Leo revirou os olhos. — Vamos no Monco.

Monco era um bar popular entre os jovens porque fechava apenas depois da meia-noite. Como só existiam três bares-restaurantes na cidade, era a única opção para os que ficavam na rua até tarde. Oliver já tinha ido lá algumas vezes, uma delas para comemorar o aniversário de dezoito anos de Leo. Arte raramente se juntava a eles.

Naquele dia, o Monco estava fechado. Portanto, eles seguiram para a segunda opção: o Bar da Tina. Tina era uma mulher de meia-idade que estava sempre com o rosto vermelho e parecia olhar torto para Oliver toda vez que ele encontrava com ela em algum lugar. Ela não era a primeira, e também não seria a última; os moradores de Bruma do Sul não estavam nada acostumados com gente que desviasse tanto assim do padrão do interior gaúcho. Àquela hora, o bar estava vazio. Ocuparam a mesa perto da janela e pediram algumas porções de batatas fritas. Na pequena televisão do bar, passava *Vale a pena ver de novo* no mudo. No sistema de som, tocava "Hungry Like the Wolf", do Duran Duran.

— Até a música aqui é uma merda — resmungou Johnny.

Oliver se amarrava em Duran Duran, mas não disse nada.

— Espero que o Monco não tenha morrido — disse Aline. — Ele nunca fecha durante o dia.

— Nem brinca com isso, garota — xingou Leo.

— Sei lá, velho daquele jeito...

— Vaso ruim não quebra. Então, como eu tava dizendo: bandas cover tão fadadas ao fracasso, cara — Johnny retomou a conversa que estava tendo com Leo no carro. — Já disse pro Arte que a gente deveria compor, tá ligado? Se for uma merda, é uma merda. Mas é a *nossa* merda.

— Duvido que vão deixar a gente tocar nossa música na escola — murmurou Leo.

— Fodam-se eles, a gente não tem que ficar preso nessa merda de cidade a vida inteira. A gente só precisa de um letrista; o resto, criamos juntos. Eu passo, não sei escrever bem.

— Nem ler — completou Leo, levando a latinha de refrigerante até a boca.

Johnny deu um tapa na parte de baixo da lata, derrubando a bebida na camiseta de Leo.

— Filho da puta!

Oliver escondeu um sorriso.

— Dani deve escrever bem — apontou Aline, ignorando a cena entre os dois garotos.

— É, vou perguntar pra ele quando ele chegar. — Leo pegou alguns guardanapos para limpar a camiseta molhada. — Minha camiseta novinha do Slash, cara — resmungou baixinho.

— Tu chamou ele? — perguntou Johnny e roubou a latinha de Leo, virando o refrigerante em um gole. Depois arrotou, arrancando uma careta da irmã mais nova.

— Liguei pra ele quando fui pegar dinheiro lá no quarto — respondeu Leo.

— Arte também vem? — perguntou Oliver antes que conseguisse se conter.

— Não chamei. Não tenho o telefone dele — respondeu Leo. — Acho que ninguém tem, ou talvez ele nem tenha telefone.

— Ele não é de se misturar muito. — Johnny se espreguiçou, ocupando mais espaço no banco que o necessário e quase esmagando Aline contra a parede. — Se acha bonzão demais pra ralé.

— Sempre falo isso — concordou Leo.

— Bom pra você — rebateu Johnny.

— Ele só não deve ser desocupado como vocês — ponderou Aline. — Deve ter namorada, sei lá.

Oliver tentou fingir não estar muito interessado no assunto.

— Namorada, sei. — Johnny deixou escapar uma risadinha. Era ríspida, como tudo nele. — Acho que ele não tem muito interesse nisso.

— Tu sabe de alguma coisa que eu não sei? — perguntou Leo.

— Eu sei de muita coisa que você não sabe. Finalmente, porra!

As batatas fritas tinham chegado. Oliver ainda estava tão atordoado pelo fato de que Arte aparentemente não tinha interesse em ter uma namorada que nem notou.

— Oliver?

Ele congelou. Quando ergueu o rosto, se deparou com a sua irmã. Sophia tinha os cabelos longos e escuros presos em um coque e vestia o uniforme do restaurante. Oliver nem sabia que a irmã trabalhava ali. Não sabia nada sobre ela. Ele não perguntava e ela não fazia questão de contar. Era tamanha a falta de interesse que era possível que, mesmo que um dos dois chegasse a comentar, o outro nem se desse conta.

— O que você tá fazendo aqui? — perguntou ela, olhando para os outros três na mesa. Então, encarou Johnny e seu cenho se franziu ainda mais.

— E aí — Johnny a cumprimentou. Sophia não respondeu.

— Só vim comer alguma coisa — respondeu Oliver, tentando parecer casual. — Já vou pra casa.

Ela o analisou por alguns segundos.

— Você tem dinheiro?

— Acho que sim.

Sophia respirou fundo. Largou a porção de batatas fritas na mesa e tirou a carteira do bolso da calça, puxando algumas notas e entregando-as para o irmão. Afastou-se da mesa sem dizer mais nada. Johnny foi o primeiro a pegar um punhado de batatas e enfiar na boca, ignorando a situação.

— Sua irmã? — perguntou Leo, e Oliver assentiu. — Ela tá solteira?

Johnny jogou uma batatinha na testa de Leo.

— Ela é da minha turma — disse Johnny. — Toda quietinha que nem você.

Oliver não respondeu. Sophia estudava com Johnny e certamente sabia que ele fazia parte de uma banda. Provavelmente conhecia Leo também. Não demoraria para que ela ligasse os pontos.

— Dani chegou. — Johnny acenou em direção à porta de entrada com a cabeça. Oliver virou e observou pela vidraça Dani se aproximar da lanchonete. Atrás dele, estava Arte Becker. — E trouxe a realeza.

— Quem? — Leo se virou para olhar também. — Ah. Não vou pagar fritas pra mais dois, que fique claro.

Oliver se voltou para a frente no momento em que a porta se abriu com o tintilar do sino. Fechou a mão em punhos sobre o colo, nervoso, já esquecendo do encontro com a irmã. Empurrou os óculos no rosto, ajeitando-os sobre o nariz, e depois passou a mão pelos cabelos.

— Opa — Dani cumprimentou ao se aproximar e empurrou Johnny para que pudesse sentar ao lado dele. O baterista nem protestou. — Será que o Monco foi dessa pra melhor?

— Perguntei a mesma coisa — respondeu Aline, ainda mais espremida contra a janela.

— Vocês demoraram — reclamou Leo.

Oliver arriscou um olhar para Arte e quase prendeu a respiração quando ele sentou ao seu lado no banco, com a perna pressionando a sua. Desviou o olhar rapidamente. Conseguia sentir o cheiro da jaqueta de couro, de cigarro e perfume gasto.

— Bom, primeiro fui no Monco e tava fechado, que Deus o tenha — Dani começou a explicar. — Então pensei que vocês podiam estar aqui e, no caminho, encontrei o Arte. Só demorei por causa do tempo que levei pra convencer ele a vir.

— Obrigado por nos prestigiar com a sua presença. — Johnny fez uma mesura debochada para o vocalista.

Arte não respondeu. O braço dele roçou no de Oliver quando ele tateou os bolsos atrás do maço de cigarros. Acendeu um com o isqueiro, depois largou tudo no tampo da mesa. Foi aí que Oliver descobriu que Arte fumava cigarros Lucky Strike: o maço era branco, com o nome da marca dentro de um círculo vermelho. Uma marca que ele não achava que fosse muito comum. Todo mundo na escola fumava Hollywood ou Free. Tinha certeza que os moleques da sua antiga rua em São Paulo ficariam malucos para ter aquele maço na coleção.

— Enfim... — continuou Dani. — Eu tava falando com o Arte sobre a festa do Pedro da turma 301, a que ele nos chamou pra tocar. Ele quer fazer à fantasia, então tava pensando que a gente podia arranjar umas também.

— Festas à fantasia são do caralho — disse Leo. — Vou de Rambo, já tô avisando pra ninguém roubar minha ideia

— Dani vai de John Travolta em *Grease*. — Johnny cutucou o baixista com o cotovelo. — Oliver pode ser a Olivia.

Leo gargalhou e quase se engasgou. Arte riu, soltando ar pelo nariz, e Oliver fez um esforço absurdo para não olhá-lo. Limitou-se a sorrir sem graça.

— E tu, Johnny? — perguntou Dani.

— Rita Lee, claro.

Todos riram.

— Arte pode ir de Ziggy Stardust. Já tem o cabelo, então é só fazer o raio na cara — Leo sugeriu.

— Esse é o Aladdin Sane — corrigiu Aline. — Ziggy Stardust não tem o raio na cara.

— Ela tá certa — Arte falou, pela primeira vez desde que chegara.

— Minha sugestão ainda é válida. — Leo deu de ombros.

Dani pediu mais algumas batatas fritas e Leo comprou um picolé só para ele. "Linda demais", do Roupa Nova, estava tocando, e Johnny quase levantou para brigar por alguma música melhor, mas se limitou a tentar roubar um cigarro de Arte, que puxou o maço e o colocou de volta no bolso antes que o outro conseguisse. Aline já havia desistido de conversar com eles e tirou um livro da mochila. Oliver notou que ela estava lendo *O fantasma da ópera*.

— O moleque conseguiu pegar "Paint It, Black"? — perguntou Arte em dado momento.

— Ele continua errando no tempo — respondeu Leo.

Arte apoiou o rosto na mão e olhou para o lado, observando Oliver por um instante. Os óculos escuros escorregaram para a ponta do nariz e ele soltou a fumaça do cigarro devagar.

— Melhor aprender.

Foi a única coisa que Arte disse para ele naquele dia. Mas continuou sentado ao lado de Oliver, com a perna colada na dele, durante todo o tempo.

O ensaio da banda naquele dia aconteceria na garagem de Leo. Oliver dispensou a carona da mãe e seguiu para lá de bicicleta. As ruas pareciam vazias e mortas, mas o vento frio no rosto era uma sensação boa. Quando chegou, todos já estavam lá — menos Johnny, que se atrasava todos os dias —, então se apressou para ligar a guitarra no amplificador.

Já sabia tocar "Paint It, Black" e a maior parte da setlist para o show, que seria dali a duas semanas. Leo ainda estava cheio de críticas, mas Arte disse que ele aprendia rápido. Oliver tentou não parecer tão bobo quanto se sentiu ao ouvir isso e fez de tudo para permanecer sério. Dani também o elogiou, mas Oliver só pensava em Arte Becker.

Johnny chegou meia hora atrasado, com a boca cortada e sangue seco na camiseta. Em silêncio, ele assumiu a bateria e o ensaio seguiu sem ninguém comentar nada. Oliver se perguntou se aquilo era normal. Devia ser, já que Johnny era o tipo de cara que comprava briga com todo mundo.

Quando o ensaio acabou, Oliver ficou para guardar os instrumentos, como de costume. Era uma tarefa designada a ele por ser o mais novo, mas ele não se importava. Estava feliz por poder tocar guitarra em uma banda maneira e ter amigos na cidade, mesmo que eles não o levassem a sério na maior parte do tempo. Ao menos, não pensava tanto no pai quando estava com os caras da banda.

Abriu a mochila para pegar seu moletom e percebeu que o quadrinho novo do Homem-Aranha não estava ali. No lugar dele, tinha um pirulito vermelho daqueles em formato de coração e um bilhete: "*Devolvo amanhã — Lina.*" Oliver torceu o nariz. Queria ter lido aquela edição no ferro-velho.

Então, a porta da garagem se abriu e por ela surgiu Arte.

— Ei, Park, viu minhas chaves?

Oliver congelou. Aquela era a primeira vez que ficava sozinho com Arte. Mudo, fez que não com a cabeça e vestiu o moletom. Adiantou-se para terminar de guardar a guitarra de Leo na case.

Arte bufou e andou apressado pela garagem, olhando em cada canto até encontrar as chaves. Oliver o observou se afastar até a porta, pronto para ir embora sem uma despedida, e só então notou que ele estava com os cabelos vermelhos molhados e a camiseta cinza do Black Sabbath estava úmida nos ombros.

— Tá chovendo? — perguntou, preocupado de verdade com essa possibilidade. Quando os olhos castanhos marcados por lápis preto o encararam de volta, ele se sentiu nervoso de imediato e ajeitou os óculos no rosto.

— Tá — Arte respondeu, com a mão na maçaneta. — Precisa de carona, moleque?

Oliver levou alguns instantes pensando naquela pergunta. A ideia de entrar no mesmo carro que Arte era um tanto quanto assustadora.

— Se não for atrapalhar...

Arte sorriu daquele jeito torto que fazia o coração de Oliver palpitar de um jeito estúpido.

— Que bonitinho — debochou. — Anda logo, Park. Vem comigo.

“Carnation”, do The Jam, tocava no rádio quando Arte ligou o carro. Era um Plymouth 1960 vermelho e bem lustrado. Oliver já tinha visto aquele carro estacionado na frente da escola e sempre o achou peculiar por ser tão enorme e incomum. Era o carro mais legal da cidade, e Oliver nunca pensou que um dia fosse entrar nele. Não fazia ideia de como Arte tinha descolado um daqueles. Becker, com seus dezessete anos e no terceiro ano do colegial, ainda não tinha idade para tirar a carteira, mas era normal que todo mundo dirigisse, ainda mais em uma cidade tão pequena.

Ele fechou a porta depois de ter colocado sua bicicleta no banco de trás. Ajeitou-se no banco do carona e colocou o cinto de segurança, o que fez Arte soltar uma risadinha debochada. Em geral as pessoas tratavam o cinto de segurança como enfeite, quase ninguém usava. Nervoso, Oliver ajeitou os óculos. O carro cheirava a cigarro e haviam várias bitucas espalhadas pelo painel e no carpete.

O motor rugiu quando Arte deu partida. Estavam em um carro que chamava atenção e alguns olhares os acompanharam enquanto deixavam a rua. Oliver olhou para Arte, constrangido com o silêncio. O vento que vinha da janela bagunçava os cabelos vermelhos do garoto e, mais uma vez, Oliver se pegou preso em um devaneio no qual podia estender a mão para tocá-lo livremente. Arte batucava o volante no ritmo da música e com a outra mão tentava puxar o maço de cigarro amassado do bolso da calça. Quando conseguiu, colocou um cigarro entre os lábios e olhou para Oliver, jogando o isqueiro na direção dele.

Pego de surpresa, Oliver se atrapalhou e quase deixou o isqueiro cair, engolindo em seco quando Arte inclinou a cabeça em sua direção. Tremeu um pouco ao levar as mãos para perto do rosto dele. Os dedos formigaram no ímpeto de tocá-lo e ele se forçou a afastar aquela ideia boba. Fez concha com a destra e acendeu o isqueiro com a canhota. Arte permaneceu com os olhos fixos na estrada, mas, no momento em que tragou o cigarro, fazendo a brasa se acender, olhou para Oliver e sorriu. Um sorriso debochado, que fez Oliver se sentir na primeira volta de uma montanha-russa.

— Onde você mora?

— Eu... — Oliver pigarreou, a garganta terrivelmente seca. — Eu moro do lado do cinema velho.

Arte assentiu.

— Quer um cigarro, Park?

— Não, não fumo — respondeu, atônito com o fato de que Arte estava tentando puxar assunto. — Não gosto de cigarro.

Becker escancarou um sorriso enquanto soltava a fumaça pelo nariz.

— Já experimentou, por acaso?

— Não.

— Que gracinha. Tu tem cara de ser todo certinho mesmo, com esses óculos e esse moletom. Aposto que nunca bebeu também.

— Não.

— Já beijou alguém?

— Eu... — gaguejou. — Desculpa.

Arte riu. Foi uma risada debochada, mas foi a primeira vez que Oliver o ouviu rir de um jeito arrastado e meio perigoso, os olhos se fechando para acompanhar a curva dos lábios.

— Por que tá se desculpando, moleque? Quem tá perdendo é você.

Oliver desviou o olhar para a janela, sem saber o que dizer. As mãos estavam fechadas sobre o colo e os dedos brincavam de maneira nervosa com o jeans enquanto o silêncio se arrastava entre eles.

— Posso experimentar? — Oliver perguntou depois de um tempo, apontando para o cigarro.

Arte olhou para ele com um sorrisinho enviesado.

— Ora, ora — brincou, com o cigarro pendurado entre os lábios. No momento seguinte, ele parou o carro no acostamento de qualquer jeito. — Que tal riscar duas coisas da lista, então?

— Como assim? Que lista?

Arte riu e deu uma longa tragada no cigarro. De repente, ele girou no banco de couro com um ruído rude e passou a mão com o cigarro por cima do encosto do banco do passageiro. Oliver nem piscou. Arte se inclinou e puxou o moletom do outro até que estivessem próximos demais. Então, colou a boca na dele.

Outra volta na montanha-russa. Oliver praticamente despencou pelos trilhos. "Pity Poor Alfie" tocava no rádio, e ele estava paralisado, sem saber o que fazer. Era seu primeiro beijo. Arte tinha uma boca macia, mais do que ele imaginara.

Estava beijando Arte Becker.

Sabia que tinha que fazer alguma coisa, não podia ficar parado feito um idiota. Entreabriu os lábios e, em seguida, Arte encaixou a boca à sua e soprou a fumaça do cigarro. Oliver sentiu uma fisgada estranha no estômago, algo quente que pareceu queimar cada centímetro do corpo como a fumaça do cigarro queimava a sua garganta. Teve que fazer um tremendo esforço para não tossir.

O contato não durou nem dois segundos. Arte afastou a boca, mas manteve o rosto tão próximo que Oliver sentia a respiração quente no seu.

— *Oh, poor Alfie* — Arte cantarolou, a voz rouca e sussurrada, acompanhando a música que tocava no rádio.

Então se afastou, com aquele sorrisinho torto parecendo brincar com a situação. Ele piscou para Oliver, que estava com o coração praticamente saltando pela boca.

Arte tragou o cigarro mais uma vez e deu partida no carro, voltando para a estrada.

— Agora só falta tirar da lista dar um beijo de verdade, encher a cara e transar com alguém.

Oliver não conseguia acreditar no que tinha acontecido. Sentia os lábios formigando, a sensação fantasma da boca de Arte na sua. Arrependeu-se de não ter tocado no cabelo dele. Deveria ter tocado no cabelo dele.

— Se continuar me olhando desse jeito, vou ser obrigado a te beijar de novo.

— Foi mal — Oliver gaguejou estupidamente e desviou o olhar, contendo o ímpeto de acertar a própria testa por ser tão patético.

Arte riu.

— Gracinha.

O veterano tragou o cigarro e seguiu cantarolando a música, os olhos selvagens vez ou outra pousando em Oliver.

— I get a fever all through the night...

You give me fever.

Depois daquele beijo no carro, Oliver não conseguia fazer outra coisa a não ser pensar em Arte Becker. Nos ensaios, estava errando mais acordes do que o normal. Em uma das tardes, Johnny quase furou o olho de Oliver jogando a baqueta em sua direção quando ele errou "Every Breath You Take" pela quinta vez seguida.

— Se tu errar essa merda na apresentação, eu vou te afofar no soco. É The Police, mais fácil que isso, impossível! — Johnny gritou, indignado, dando uma porrada no prato da bateria.

Mas o que Oliver podia fazer? Só conseguia pensar em beijar Arte de novo, de novo e de novo. Cada vez que olhava para ele, lembrava da fumaça de cigarro soprada para dentro de sua boca e queimava por inteiro. Sabia que era idiota se sentir assim por tão pouco.

A pior parte era que Arte agia como se nada houvesse acontecido, o que dava a entender que Oliver deveria fazer o mesmo, mas ele não conseguia evitar pensar naquilo o tempo inteiro. No final daquele ensaio, Arte falou com Oliver pela primeira vez no dia e foi quase o suficiente para dar a ele um pouco de esperança.

— Vai com alguém para a festa, Park?

Oliver negou com a cabeça e ajeitou os óculos. Achava certa graça no jeito como Arte o chamava pelo sobrenome. Mas ele fazia isso com todos, então não tinha por que se sentir especial.

— Você vai? — perguntou.

Arte tateava os bolsos atrás de um cigarro.

— Não gosto de festas.

De repente, Oliver sentiu uma vontade enorme de chamar Arte para irem juntos. Mas a ideia era ridícula, então ficou calado.

— Só é legal se você for acompanhado — Leo se meteu na conversa. — Eu vou com a...

— Ninguém liga pra sua namorada da semana — Johnny o cortou. — Esses bailes são sempre uma merda. Só vou pra meter o louco e comer de graça.

— Aline, vai com alguém? — Dani perguntou.

Ela o encarou como se a pergunta fosse muito estúpida.

— Nem vou, pra começo de conversa.

— Mas vai ver nosso show?

— Não.

— Tô te criando bem. — Johnny escancarou um sorriso e bagunçou o cabelo da irmã.

Oliver olhou para Arte, que já estava alheio à conversa e fumava em silêncio. Estava tratando Oliver como se nada tivesse acontecido entre eles e mais uma vez agia normalmente. Oliver sentia que enlouqueceria se precisasse continuar fingindo que nada acontecera.

Decidiu, então, que conversaria com ele no final do próximo ensaio.

No dia seguinte, Arte foi embora antes que surgisse uma chance. Não olhou uma única vez para Oliver. Isso se repetiu no outro dia, e no outro.

Aos poucos, Oliver se conformou.

Na noite anterior à festa junina, Oliver estava uma pilha de nervos. Passou a tarde praticando a setlist da apresentação no seu violão velho até que a mãe chegasse do trabalho, mas não era a mesma coisa. Acabou arrebentando uma corda e cortando o dedo direito. Ele considerou aquilo um mau agouro e cobriu o machucado com um band-aid do Homem-Aranha.

Sabia que não conseguiria dormir e, como não podia praticar com o violão à noite, resolveu ler uns quadrinhos para matar o tempo enquanto ouvia rádio baixinho.

Já era quase meia-noite quando batidas leves soaram na porta. Oliver largou o quadrinho e observou a mãe entrar no quarto, parecendo incerta a princípio. Ela nunca entrava no quarto dele se pudesse evitar.

— Sem sono? — perguntou ela, sentando na beirada do colchão.

Oliver assentiu, e Tarsila respirou fundo.

— Sua irmã me disse que você vai se apresentar no baile amanhã — ela disse, desviando o olhar. — Por que não me contou que está em um grupo musical?

Oliver congelou. Sabia que mais cedo ou mais tarde ela ficaria sabendo. Nada ficava escondido por muito tempo naquela cidadezinha.

— É uma banda, não um grupo musical.

— Você entendeu, Oliver.

Ele não respondeu.

— Eu não estou brava — Tarsila esclareceu diante seu silêncio. — Ela me contou que viu você no Bar da Tina com os garotos daquela tal banda. Sabe, eu já imaginava que você talvez fosse se meter com... — Respirou fundo, fechando os olhos de forma cansada. Não era a primeira vez que conversavam sobre o interesse dele pela música. — Você tem dezesseis anos, Oliver. Já é um homem e tem que ser responsável como um.

— Eu sei, mãe.

— Você sabe como as pessoas desse meio são, não sabe? — perguntou, entrelaçando os dedos sobre o colo. Ainda não olhava para Oliver. — Pense no seu pai. No que aconteceu com ele.

— *Eu sei*, mãe — repetiu ele, por entre os dentes.

Era injusto que aquela fosse a primeira vez que a mãe mencionava seu pai desde a morte dele. Doía. Oliver não queria que fosse daquele jeito. Não queria que o pai fosse lembrado apenas pela overdose que o matou ou pelas dívidas que deixou. Dívidas que sua família sofreu para pagar. Depois de perderem tudo, Sophia precisou começar a trabalhar logo que se mudaram, e em breve Oliver teria que encontrar um emprego também. Mas quem mais sofreu foi a mãe, que teve que arcar com todos os problemas deixados para trás.

Felizmente, Tarsila não viveu o suficiente para ver o filho seguir os passos do marido.

— Você me promete que não vai fazer essas coisas? Que vai ficar longe das drogas?

— Prometo.

Era uma promessa com data de validade.

— Divirta-se amanhã — ela disse, cansada, colocando a mão no joelho do filho. — Ele teria orgulho de você, sabia?

Apesar disso, seus olhos diziam tudo o que Oliver precisava saber: ele teria, mas ela, não.

A banda estava se preparando nos bastidores, que não passava de uma sala de aula vazia, e Oliver estava sentado em uma cadeira, dedilhando na Giannini e tentando não surtar. Não tinha dormido nada naquela noite e a conversa com a mãe não tinha ajudado em coisa alguma.

"Que beleza", do Tim Maia, tocava no rádio portátil de Dani. O baixista estava cantarolando a música e penteando o topete na frente com um espelho de bolso nas mãos, Leo estava dando um amasso com a namorada do lado de fora e Johnny estava atrasado. Arte fumava o terceiro cigarro da noite quando parou na frente de Oliver.

— Veste isso — ele disse, daquele jeito resmungado, com o cigarro pendurado na boca, e jogou uma camiseta do David Bowie no colo do garoto.

— Por quê? — perguntou Oliver. Sabia que parecia um idiota, mas estava nervoso. E dessa vez não era só por causa de Arte.

— Nem fodendo que tu vai entrar no palco com esse moletom.

Oliver sentiu o rosto esquentar. Todos os caras da banda usavam alguma camiseta maneira de rock, até Leo, que estava quase sempre com regatas e shorts de exercício. Arte segurou a Giannini para que Oliver pudesse levantar, e ele logo tirou o moletom, envergonhado por não vestir nada por baixo. Sabia que não tinha nenhum atrativo. Tratou de se apressar e vestiu a camiseta do Bowie, que ficou um pouco apertada e curta. Ela cheirava a cigarro.

— Essa camiseta é sua?

— Aham — Arte respondeu, devolvendo a guitarra e o moletom. — Era a maior que eu tinha, foi mal.

— Obrigado — agradeceu, tímido, com o coração aos pulos.

Arte sorriu daquele jeito meio cínico.

— Às ordens, gracinha.

Oliver descobriu que adorava ser chamado assim por ele.

Passaram o som uma única vez antes da apresentação quando Johnny chegou. A festa já tinha começado. Johnny e Leo sumiram durante um bom tempo e voltaram trazendo bolo de milho e quentão. Oliver não tomou um único gole nem tentou comer nada. Estava morrendo de medo de vomitar quando entrassem no palco.

Quando a hora chegou, estava tão nervoso que não conseguia parar de tremer. Todos já estavam saindo da sala e ele ficou para trás, respirando fundo e tentando não surtar. Arte pareceu notar, pois voltou e encarou Oliver com olhos afiados.

— Vou fumar um último cigarro — ele explicou, tirando o maço amassado do bolso. Acendeu e tragou, segurando a fumaça durante um bom tempo. — Nervoso, Park?

Oliver assentiu, os olhos arregalados. Becker sorriu, como se achasse graça, passando a mão livre pelo mullet vermelho.

— Se você esquecer algum acorde, não toca. Deixa o Leo se virar — aconselhou. Oliver assentiu de novo. — E não olha pra plateia. Mantém os olhos em mim, entendeu?

Isso era algo que Oliver sabia fazer muito bem. Assentiu mais uma vez e engoliu em seco, ficando mais nervoso ainda quando Arte deu mais um passo para perto.

— Você vai se dar bem.

Ele sorriu. Aquele foi o sorriso mais bonito que Oliver já tinha visto até então. Não era um daqueles tortos e debochados com os quais estava acostumado, era um sorriso sincero. Encorajador. Involuntariamente, seus lábios tremeram e Oliver sorriu também. Arte tragou o cigarro e segurou Oliver pela nuca, aproximando seu rosto no dele. Pela segunda vez naquele ano, Arte Becker o beijou. Os lábios se encaixaram e ele soprou a fumaça para dentro da boca de Oliver, do mesmo jeito que fizera naquele final de tarde dentro do Plymouth 1960. Oliver fez o maior esforço do mundo para não morrer. Tentou seguir o ritmo, e, quando as línguas se tocaram, segurou os cabelos da nuca de Arte.

Foi melhor do que jamais imaginara.

Depois daquela noite, Oliver o beijou muitas outras vezes. Mas nenhuma delas pareceu tão boa quanto aquele beijo com gosto nostálgico de quentão e cigarro.

Quando se afastaram, Arte dedicou a ele um sorriso torto, sem o deboche a que estava acostumado. Com uma piscadela, disse:

— Para dar sorte.

Com o coração gritando em seus ouvidos, Oliver ajeitou os óculos e o seguiu porta afora. Quando entraram no palco, os outros garotos fizeram uma indagação muda por conta da demora. Arte deu de ombros e seguiu para o microfone, enquanto Oliver conectava a guitarra no amplificador.

— Nós somos os Skywalkers — falou Arte, a voz bonita ecoando pelo ginásio e atraindo a atenção de todos para o palco apertado e iluminado. — Quero ver vocês dançando, ok? — Então, Arte se virou para a banda. — Um, dois... um-dois-três e...

O som de "Twist and Shout" explodiu. Oliver estava se sentindo um idiota naquela blusa colada demais e toda a excitação se esvaiu rapidamente quando ele começou a acompanhar Leo nos acordes. Tudo o que pensava era que não podia desmaiar.

Manteve os olhos em Arte, como foi instruído. Ele continuava muito bonito quando cantava, terrivelmente atraente sob os holofotes.

A primeira música pareceu durar dez segundos, e Oliver ficou surpreso quando acabou, porque tocou tudo no automático. Os aplausos foram incríveis. Arte olhou em sua direção e fez um sinal positivo, com um sorriso bonito iluminando o rosto. Oliver tinha conseguido não desmaiar durante a música inteira, mas, naquela hora, achou que fosse dar de cara no chão.

Leo não deu tempo para que ele se recuperasse e entrou com os primeiros acordes de "Should I Stay or Should I Go", arrancando gritos de todos os adolescentes e fazendo Oliver quase se atrapalhar na entrada. Conseguiu contornar o erro e, mais uma vez, recebeu o sorriso encorajador de Arte em sua direção. Teve que conter o ímpeto de suspirar. Estava mesmo apaixonado e, naquele contexto, naquele palco, parecia o melhor sentimento do mundo.

Tocaram a terceira música, "Whisky a Go Go", a pedido da diretora que insistira em uma música do Roupa Nova. Os Skywalkers escolheram aquela por ser a menos brega. Oliver se amarrava em tudo da banda, mas ficou quieto, como sempre.

Tocando aquela música, Oliver já não se reconhecia mais. Sentia uma energia incrível dentro do peito, explodindo com tanta força que os ouvidos zuniam junto com o som alto dos instrumentos. Enquanto o restante dos Skywalkers não parecia muito feliz ou animado com aquela música, Oliver sorria abertamente, ria, pulava e fazia pose tocando a guitarra. Anos depois, a sensação continuava a mesma, cada vez que pisava em um palco.

Ainda assim, aquela foi a noite mais feliz de sua vida.

— Eu não acredito que tu conseguiu errar de novo em "Every Breath You Take", Oliver. Qual o teu problema, cara?

Ventava na rua, que estava tomada por uma neblina fina. Oliver não sentia frio, porque aquela mesma sensação incrível ainda aquecia cada centímetro do corpo, como se estivesse vivendo um sonho. Não conseguia parar de sorrir e não deu a mínima para aquela repreensão vinda de Johnny.

— Para, cara, ele mandou bem! — Leo rebateu, tentando enfiar a case da guitarra dentro do carro.

— Mandou muito bem — Dani concordou.

Oliver olhou para Arte, buscando alguma aprovação por parte dele. O garoto estava fumando, como sempre, encolhido por conta do vento frio. A jaqueta de couro parecia reluzir sob a luz dos postes.

— Ensaio na terça-feira — foi tudo o que Arte disse.

Os veteranos concordaram. Oliver só conseguiu prestar atenção nos olhos afiados que caíram nele, iluminados pela chama do cigarro quando tragado.

— Quer uma carona até em casa, Park?

Oliver assentiu e ajeitou os óculos. Não que precisasse de carona, mas nem morto perderia a oportunidade de ficar sozinho com Arte.

Os garotos se despediram e cada um tomou seu rumo. Johnny iria no carro que Leo conseguiu emprestado. Dani estava de moto e só Deus sabia como ele levaria aquele baixo com ele. Oliver iria com Arte e já sentia o estômago borbulhar ao pensar na última vez em que estivera no carro dele.

O Plymouth 1960 parecia uma geladeira, mas aos poucos o aquecedor dava conta. O rádio tocava a mesma fita do The Jam e as ruas estavam escuras e um tanto desertas. Os dois garotos permaneceram em silêncio durante um tempo, até que Arte terminou aquele cigarro.

— Se divertiu?

— Foi a melhor noite da minha vida — Oliver respondeu sem nem pensar duas vezes.

Arte riu, soltando ar pelo nariz.

— Isso que importa, esse sentimento — ele disse e olhou em sua direção. — Você se saiu bem.

Oliver tentou agradecer, mas quase engasgou quando Arte colocou a mão em sua coxa.

O carro parou. Oliver ajeitou os óculos, tremendo de nervosismo e expectativa. Olhou para o lado, tentando descobrir onde estavam, mas estava escuro demais. Quando olhou para Arte, ele estava tão perto que Oliver pulou, quase batendo a cabeça no teto do carro.

— Que tal riscar mais umas coisas da lista? — Arte sorriu daquele jeitinho torto, deixando Oliver sem ar.

Arte soltou o cinto de segurança que só Oliver estava usando. Oliver engoliu em seco, mas não esperou o outro tomar iniciativa. Inclinou-se e colou os lábios nos de Arte, sentindo-os se curvarem em um sorrisinho contra os seus. "Town Called Malice" tocava no rádio e, dessa vez, não houve fumaça dentro de sua boca. A mão de Arte voltou para a coxa de Oliver, mas não se demorou ali. Ela subiu um pouco mais, esfregando por cima do tecido da calça jeans, e fazendo-o suspirar.

No inverno de 1986, Oliver descobriu que, definitivamente, era louco por Arte Becker.

PARTE II

PERFEITOS ESTRANHOS E CICATRIZES

Say goodbye on a night like this
If it's the last thing we ever do
You never looked as lost as this
Sometimes it doesn't even look like you

— "A NIGHT LIKE THIS"
THE CURE

Na primavera de 1986, Oliver estava vivendo um sonho.

Descobriu que a música significava para ele muito mais do que imaginava. Às vezes, quando estava sozinho em casa, colocava algum álbum dos Beatles para tocar, aumentava o volume ao máximo e dançava pelos cômodos. A música fazia com que esquecesse grande parte dos sentimentos ruins. Parecia inacreditável fazer parte de uma banda, e ele adorava ser um Skywalker. Quando estava no palco, sentia uma energia incrível e única que enchia seu coração. Ele se perguntava se era assim que o pai se sentia em sua época.

Certo dia, Oliver se esgueirou até o sótão e olhou nas caixas velhas em que Tarsila havia guardado as coisas do marido. Ela não teve coragem de se livrar de nada além dos instrumentos musicais, então estava tudo lá. Oliver levou algum tempo até encontrar o que estava procurando e, a cada caixa aberta, era atingido por uma nova nostalgia, mais agridoce que a anterior. Sentia falta do pai. Sentia falta das camisetas engraçadas de estampa brega e sentia falta de ouvir ele tocar violão nas manhãs de domingo. Não gostava de como a mãe e a irmã o escondiam no sótão.

No refúgio de seu quarto, Oliver colocou para tocar uma das K7 demos que o pai gravara com a banda dele nos anos 1970. No primeiro momento ficou sentado no chão em frente ao estéreo, ouvindo com atenção. As músicas do pai carregavam uma energia de The Doors que, quando criança, Oliver não compreendia. Parecia apenas barulho. Agora, mais velho, conseguia entender por que a banda era tão popular nos bares underground de São Paulo.

Aumentou o volume. A música explodiu entre as quatro paredes e Oliver levantou do chão. Carregava no peito a mesma energia eufórica que sentia toda vez que ouvia o pai tocar guitarra. Tirou os óculos e dançou, sem se importar se os passos eram esquisitos e desajeitados. Sorria sem perceber, e o coração também dançava de saudade.

Durou pouco. A irmã abriu a porta do quarto e gritou para que ele abaixasse o volume.

— Por que você é assim? — ela perguntou, consternada. Estava evidente nos seus olhos magoados que ela escolhia esconder a dor.

Oliver não soube como responder, mas nunca teria vergonha de ser quem era. De certa forma, se espelhava em Arte. Ele era a parte selvagem de sua vida.

Os dois não passavam muito tempo juntos depois dos ensaios, mas Oliver gostava quando Arte estacionava o Plymouth 1960 em frente ao antigo cinema para que pudessem trocar beijos em segredo. Depois de um tempo, Oliver já se considerava um fumante. Nunca tinha colocado um único cigarro na boca, mas acreditava estar viciado em nicotina e ansiava cada vez mais por um beijo de Arte, que sopraria a fumaça tragada para dentro da sua boca. Ou talvez fosse apenas viciado nos beijos dele.

Raramente conversavam sobre coisas triviais. A relação de ambos se resumia à música e a amassos dentro do carro. Oliver não sabia quase nada sobre Arte e daria tudo para conhecê-lo de verdade. Sabia que ele gostava de música e que gostava de cantar.

Oliver gostava muito de ouvi-lo cantando as músicas do The Jam enquanto rodavam pela cidade. Quando cantava, Arte sorria com facilidade, e Oliver tinha certeza que, pelo menos, a maioria dos sorrisos eram sinceros. Oliver amava todos eles.

"Tá olhando o quê, moleque?", era o que Arte dizia cada vez que Oliver era flagrado olhando para ele por tempo demais nos ensaios. Exatamente com o mesmo tom rebelde que usara naquela manhã de 1984, mas agora havia um sorrisinho enviesado quase imperceptível. Talvez aquele fosse o seu preferido.

Fora isso, não conversavam quando haviam outras pessoas em volta. E foi exatamente por isso que Oliver quase engasgou de surpresa quando Arte o procurou naquela manhã. Ele nunca o procurava na escola, nem ao menos o cumprimentava quando cruzavam pelos corredores; havia apenas um olhar insinuante e nada mais. Mas, naquele dia, tinha sido diferente.

Oliver tinha acabado de se despedir de Dani e estava enchendo sua garrafinha de água no bebedouro antes de ir para a sala de aula. Olhou para o lado e seu olhar cruzou com o de Arte. Ele caminhava em sua direção, sozinho. Oliver congelou, e o nervosismo o atingiu como um soco ao observá-lo se aproximando.

Becker chamava a atenção por onde passava, isso não era uma novidade. Mesmo assim, Oliver se incomodou com o burburinho das meninas em volta. Ficou tão distraído que não percebeu que a garrafinha estava cheia e agora transbordava, molhando o chão e a manga de seu moletom. Xingou baixinho e afastou a garrafa do bebedouro.

— Tá distraído? — Arte perguntou, parando à sua frente. Havia um discreto riso travesso em seu rosto, e Oliver ficou nervoso pelo jeito como ele apoiou a mão na parede e se inclinou em sua direção, perto demais.

— Tô legal. — A resposta saiu um tanto incerta. — Aconteceu alguma coisa?

Arte passou a mão pelo mullet bagunçado e aquele gesto tão simples pareceu inusitadamente erótico. Oliver tinha que parar de pensar naquelas coisas.

— Não vai rolar ensaio hoje. — Desencostou-se da parede e puxou um maço de cigarros do bolso da jaqueta. — Vem comigo.

— Por quê?

— Porque estou dizendo pra vir, moleque.

Oliver revirou os olhos, mas sorriu. Caminharam juntos até a entrada da escola e Becker acendeu um cigarro. Não encontraram ninguém no caminho, e o velho de boina que ficava na portaria parecia mais preocupado em tirar um cochilo do que vigiar quem entrava ou saía.

— Onde estamos indo? — Oliver perguntou.

— Pro meu carro.

Oliver assentiu, tentando esconder a reação que aquela resposta havia causado nele. Sabia o que esperar quando entrava no Plymouth 1960.

Quando entraram no carro estacionado em frente à escola, Arte abriu a capota e girou a chave na ignição. "Town Called Malice" começou a tocar no rádio; Oliver já estava acostumado com aquelas músicas. Era sempre o mesmo álbum do The Jam. Muitas vezes se viu tentado a perguntar o motivo de Arte ouvir sempre a mesma fita.

Era um dia quente e, com um cigarro preso entre os lábios, Arte desabotoou a camisa estampada com uma das mãos enquanto mantinha a outra no volante, os olhos atentos à estrada. Abriu-a o suficiente para deixar parte do peito à mostra, e Oliver não conseguiu desviar o olhar da pele exposta. Em todas as vezes em que estiveram naquele carro, Arte nunca tinha exibido um centímetro de pele sequer.

Olhou-o por tanto tempo que foi capaz de notar pequenas marcas que se estendiam na pele, como se fossem sinais esbranquiçados. Eram pequenos círculos de pele repuxada. Oliver demorou para perceber que eram cicatrizes. Atônito, buscou o olhar de Arte e ficou surpreso ao notar que ele já o encarava de volta.

— Por que sempre The Jam? — Nervoso, Oliver disse a primeira coisa que lhe veio à cabeça.

Arte ergueu as sobrancelhas e voltou a olhar para a estrada.

— Como assim?

— Essa fita do The Jam. Você tá sempre ouvindo ela.

Foi surpreendido por uma de suas risadas arquejadas. Sentiu-se mais leve de imediato.

— Tá presa, só posso ouvir ela.

— Que merda.

— Eu gosto. É o melhor álbum deles.

Era estranho ter um diálogo com Arte que durasse mais do que duas frases. Era estranho de um jeito bom. "Pity Poor Alfie" começou a tocar, e Becker sorriu daquele jeito que fazia o coração de Oliver acelerar.

— Por exemplo, essa música. Gosto dela porque me faz lembrar de você.

— Por quê?

— Por causa do nosso primeiro beijo, gracinha — ele respondeu, e deu uma tragada no cigarro antes de continuar: — Achei que você fizesse o tipo romântico.

Oliver gostaria de ter dito alguma coisa que deixasse Arte surpreso e que espantasse um pouco da melancolia sempre presente nos olhos dele, mas era desajeitado com as palavras. Era desajeitado em tudo, na verdade. Empurrou os óculos no nariz e engoliu em seco, afundando-se no silêncio. Os minutos se arrastaram, e Arte não parecia estar incomodado com a falta de resposta.

— Como você conseguiu esse carro? — Oliver quebrou o silêncio, tentando puxar conversa.

Os dedos de Arte titubearam no volante.

— Era do meu irmão — respondeu depois de um instante.

— Não sabia que você tinha um irmão.

Arte o observou pelo canto dos olhos e aumentou o volume do rádio, deixando claro que não queria falar sobre o assunto. Não conversaram mais durante todo o caminho e Oliver se sentiu mal por isso. Ao menos, podia ouvir Arte cantarolando The Jam, como sempre fazia quando estavam dirigindo.

Pararam o carro em uma parte deserta da cidade depois do que pareceu uma eternidade.

— Vem. — Arte largou o volante e segurou a maçaneta. Oliver não conseguiu evitar encará-lo por um segundo, atraído pela visão do peito exposto e das coxas sendo marcadas pela calça justa. — Senta aqui.

Oliver foi rápido em se livrar do cinto de segurança e se moveu, apoiando os braços no banco do motorista, prestes a se ajeitar no colo de Arte.

— Não, não assim. — Arte riu, livrando-se do cigarro e colocando as mãos nas pernas do outro. Oliver não ficou tão desconcertado com a situação quando Arte se inclinou e beijou o canto de sua boca. — Deixa eu sair do carro primeiro.

Oliver riu sem jeito e sentou de volta no banco. Arte abriu a porta e saiu do carro, contornando-o para entrar pelo lado do carona, enquanto Oliver se movia para o lado do motorista. Ficou ali, em frente ao volante, sem saber o que fazer.

— Sabe dirigir? — Arte perguntou, apoiando o braço no banco e se voltando para o outro.

— Não.

— Vou te ensinar.

Oliver ajeitou os óculos e respirou fundo. Naquela cidade, todos os garotos aprendiam a dirigir com o pai. Perguntou-se se Arte sabia o que havia acontecido com o seu, para se oferecer a fazer isso. Não duvidava. Talvez a cidade inteira já soubesse.

— Você vai ser a única pessoa a dirigir essa belezinha além de mim, sabia? — Arte sorriu, parecendo empolgado com a ideia. Oliver quis perguntar sobre o irmão dele outra vez, mas se controlou. — Vai, tenta ligar.

Oliver girou a chave na ignição, mas nada aconteceu.

— Primeira lição: só eu sei ligar o Plymouth. Ainda não acredito que vou fazer isso, mas vou te mostrar o truque.

Arte esticou o braço e passou a mão por cima da dele. O contato foi tão íntimo que deixou Oliver desconcertado. Becker nunca tinha segurado sua mão. Aquele era o tipo de coisa que casais faziam, e o pensamento o deixou melancólico.

Arte o guiou, empurrando a chave na ignição um tantinho para cima e depois para baixo antes de girá-la. O motor do Plymouth 1960 roncou e o rádio começou a tocar "Carnation". Ao pé do seu ouvido, Arte passou a explicar o que era freio de mão, marcha, embreagem, acelerador e freio. Havia algo de estranho na maneira em que ele estava sendo comunicativo e atencioso.

— Pisa na embreagem — ele instruiu, guiando sua mão até a marcha. — Agora tu vai engatar a primeira enquanto solta a embreagem devagar... Isso. — O motor fez um som arranhado. — Acelera.

Oliver enterrou o pé no acelerador e se assustou com o tranco que o Plymouth 1960 deu quando começou a andar.

— O que eu faço agora? — perguntou, um tanto nervoso enquanto via o carro ganhar velocidade.

— Dirige, né. Presta atenção no volante.

Ele mostrou como manter o carro estabilizado.

Estavam em uma estrada de terra deserta e reta. Arte cantarolava a música do rádio, e era difícil para Oliver se concentrar quando ele tinha uma voz tão bonita. Logo depois teve sua mão guiada até a marcha novamente.

— Pisa na embreagem e passa pra segunda marcha. Não solta muito o acelerador.

Oliver tentou fazer o instruído, mas o carro tremeu tanto ao ponto de preocupá-lo, e então, morreu. Arte riu e voltou a colocar a mão em sua coxa.

— Eu fiz algo errado? — perguntou Oliver.

— É normal isso acontecer na primeira vez. Com o tempo, você pega a prática. — Arte segurou sua nuca e o trouxe mais para perto. — Vem cá, vou te ensinar a fazer outras coisas.

Oliver aprendia rápido.

Os Skywalkers estavam ficando populares na cena jovem da cidade. Eram chamados para tocar em festas dos colegas nos finais de semana, e Johnny tinha descolado uma apresentação para eles em um festival de rock na capital. Oliver estava empolgado, mas sua mãe não estava tão feliz assim. Ele passaria uma noite fora com os veteranos e, no dia anterior à viagem, Oliver teve "A Conversa" com a mãe outra vez. Nada de bebidas ou drogas. A mãe foi muito incisiva sobre as drogas mais uma vez.

Oliver prometeu novamente, como fizera quando teve sua permissão para fazer aquele show na escola. Seria a primeira apresentação da banda para mais de mil pessoas, e os garotos estavam muito nervosos. Praticavam todos os dias depois das aulas e nos finais de semana. Oliver ainda repassava tudo em casa e acabou criando bolha em um dos dedos. Agora, sempre que tocava, o dedo sangrava um pouco e ele precisava colocar um band-aid. Quando os band-aids do Homem-Aranha acabaram, Arte criou o costume de desenhar uma carinha sorridente nos curativos normais de Oliver quando estavam juntos.

Às vezes, Johnny aparecia com um olho roxo nos ensaios e, embora Oliver soubesse que ele sempre se metia em brigas por aí, foi Aline quem esclareceu a situação, certa tarde.

— Com quem ele anda brigando? — perguntou Oliver quando os veteranos fizeram uma pausa no ensaio para fumar. Mais uma vez Johnny tinha aparecido com sangue seco na camiseta, dessa vez do próprio nariz.

— Nosso irmão — ela respondeu, virando a página do quadrinho do Homem-Aranha daquela semana. Tinha pegado emprestado de Oliver mais uma vez e novamente deixado um pirulito de coração no lugar. Ele já tinha uns vinte desses na gaveta da mesa de cabeceira. — Lucas. Às vezes é o Thiago, ou o Jonas. Às vezes os três.

— Achei que o Jonas estivesse preso — disse, sem pensar direito.

Aline ergueu o olhar das páginas e o encarou.

— Foi solto no mês passado. Tem sido muito divertido lá em casa.

— Desculpa, não queria me intrometer.

— Se estiver preocupado — ela continuou —, Johnny não tem voltado para casa. Tem dormido fora, acho que na casa do Leo. Ou do Dani.

— Ah. — Oliver olhou para baixo. — E você? Fica sozinha com eles?

— Eles não tocam em mim — respondeu ela, séria. — Só no Johnny.

— E seu pai? Sua mãe?

— Achei que não quisesse se intrometer.

— Desculpa.

Aline deixou uma risada escapar e depois se espreguiçou. Colocou a mão no bolso da jaqueta jeans que sempre usava e tirou um pirulito de lá. Oliver achou que o assunto tinha sido encerrado, mas a garota continuou:

— Não lembro da minha mãe, ela sumiu. Jonas diz que foi culpa dos gorilas, mas não sei se é verdade — Aline fez uma pausa para chupar o pirulito e Oliver puxou da memória de onde conhecia a expressão "gorila". Já havia escutado o pai chamar os militares daquele jeito vez ou outra. — Não sei se quero saber. Meu pai tá sempre bebendo e nunca fala disso, não serve pra muita coisa.

Oliver não sabia o que dizer, então ficou em silêncio. Não queria demonstrar que estava preocupado, porque não sabia se Aline gostaria disso. Não deveria nem estar fazendo aquelas perguntas.

— Se quiser matar um tempo fora de casa — Oliver começou, tentando soar casual —, pode ir lá pra minha casa, eu tenho vários quadrinhos. Normalmente vou ler no ferro-velho. Pode ir comigo também, se quiser.

Aline o encarou por alguns instantes.

— Só queria lembrar que tenho catorze anos, caso esteja dando em cima de mim.

Oliver ficou vermelho.

— Claro que não estou.

Aline abriu um sorriso torto, idêntico ao do irmão, aquele que conseguia ser maldoso e agradável ao mesmo tempo.

— Tô brincando. Sei que não faço teu tipo. — Voltou a olhar para as páginas. — Talvez se eu pintasse o cabelo de vermelho...

— Quê? — Oliver perguntou estupidamente.

— Nada. — Aline sorriu outra vez.

Todas as noites depois dos ensaios, Arte levava Oliver até em casa e os dois trocavam beijos dentro do Plymouth 1960. Aqueles eram os melhores momentos do dia para Oliver, e ele achava que Arte se sentia da mesma forma. Ele não demonstrava em palavras ou gestos, mas seus olhos eram sempre expressivos. Ele também tinha um jeito sincero de sorrir que era reservado só para Oliver. Por ora, bastava.

Na noite anterior ao show, não estacionaram em frente ao antigo cinema como todas as outras vezes. Arte passou reto e seguiu dirigindo pela estrada que levava à saída da cidade.

— Onde estamos indo?

A capota do carro estava aberta e o mullet de Arte esvoaçava com o vento. Não importava quantas vezes já tivesse feito aquilo, Oliver sempre queria tocar nos cabelos dele.

— Vamos no cinema — ele respondeu, e Oliver abriu um sorriso grande e espontâneo. Arte acabou sorrindo também.

Oliver nunca tinha ido ao cinema. Ironicamente, morava ao lado de um, mas o lugar estava abandonado, as entradas bloqueadas com tapumes. Às vezes, Oliver ouvia barulhos vindo de lá durante a noite. Bruma do Sul não tinha nenhum outro cinema e Leo vivia reclamando sobre precisar dirigir até a cidade vizinha para assistir aos filmes que lançavam.

Rodaram por algum tempo até Caxias do Sul, uma cidade próxima, e finalmente pararam em um grande estacionamento com poucos carros estacionados. Arte comprou os ingressos para Highlander, o Guerreiro Imortal, que havia estreado no inverno e demorado para chegar no interior. Oliver ficou muito impressionado com o lugar, porque só tinha visto autocines na televisão. Além das estrelas e dos faróis dos carros, o telão era a única iluminação no estacionamento.

Arte parou o Plymouth 1960 um pouco afastado dos outros carros, mas em um bom lugar para assistirem ao filme, que já havia começado. Chegaram exatos dez minutos atrasados. Ele desligou o carro e se inclinou para pegar um maço de cigarro no porta-luvas. Oliver se aproveitou do momento e passou o braço sobre os ombros dele. O coração bateu forte quando Arte sorriu daquele jeito torto.

— Isso não é um encontro, ouviu? — Apesar disso, ele não fez menção de desfazer o meio abraço. Anos depois, Oliver se lembraria daquele momento como sendo seu primeiro encontro.

Arte Becker também.

No final da noite, Arte o levou até em casa, como de costume. Oliver tagarelou sobre o filme durante todo o caminho, enquanto o veterano ocupava a boca com um cigarro, vez ou outra adicionando um comentário ou uma provocação que deixava Oliver vermelho dos pés à cabeça. Quando estacionaram em frente à sua casa, Oliver roubou um beijo.

— Obrigado — ele sussurrou, e aquela foi a primeira vez em que viu Arte ficar sem jeito.

— Não me agradece, você tá me devendo uma — rebateu e tragou o cigarro. — Agora sai do meu carro.

Oliver riu baixinho e abriu a porta do Plymouth 1960. Estava pronto para sair quando Arte o puxou pela camiseta e colou a boca à sua. Quando entreabriu os lábios, sentiu a fumaça do cigarro ser soprada para dentro de sua boca. Becker segurou seus cabelos com uma das mãos e, com a outra, apertou sua coxa.

— Vaza — Arte disse quando se separaram, e apontou para a porta que estava aberta.

Oliver ajeitou os óculos grandes no rosto e saiu do carro.

— Você não quer entrar? — perguntou, sentindo as bochechas esquentarem. Sabia que a mãe não estava em casa, ela trabalhava o tempo todo, e, assim como a Sophia, sempre chegava tarde.

Arte olhou para ele durante alguns segundos, com o cigarro pendurado na boca.

— Outro dia, Park.

Oliver assentiu e se afastou do carro. Parou em frente ao portão de casa e acenou para Arte, que aumentou o volume do rádio e apenas o encarou com aqueles olhos selvagens enquanto acelerava.

O Plymouth 1960 desapareceu da rua. Ainda dava para ouvir "Pity Poor Alfie" tocando lá da esquina, alto o suficiente para acordar toda a vizinhança.

Na manhã do dia da apresentação no festival de rock na capital, Oliver acordou bem cedo para esperar os garotos da banda. Na verdade, mal havia dormido. O nervosismo era tanto que nem ao menos percebeu que havia vestido a camiseta do avesso. Levou mais ou menos uma hora para que avistasse a Kombi azul-bebê do pai de Leo entrando em sua rua.

Levantou-se depressa e segurou a mochila pela alça, caminhando rapidamente até o portão. A porta da Kombi foi aberta por Johnny, que o saudou com um "bom dia, seu merda". Oliver entrou no veículo e de imediato procurou por Arte. Ele estava dormindo no último banco, apesar de "Children of The Grave", do Black Sabbath, estar tocando no último volume.

Oliver cumprimentou os veteranos e sentou ao lado de Arte. A Kombi arrancou cantando pneus e ele pensou que a mãe morreria se o visse indo embora daquela maneira. A viagem seria de algumas horas, mas percebeu que havia salgadinho e refrigerante o suficiente para durar uma semana. Leo dirigia a Kombi, por sero único maior de idade e com carteira, e Johnny e Dani estavam sentados logo atrás, conversando animadamente sobre algum assunto que Oliver não conseguia entender.

Aproveitou-se da distração deles para olhar para Arte. Era estranho vê-lo tão sereno e livre de toda a melancolia que carregava no olhar.

Sem se conter, Oliver ergueu a mão e roçou o polegar logo acima da boca dele, bem onde havia um pequeno sinal marcando a pele. Fez um lembrete de beijá-lo naquele exato lugar quando tivesse a chance.

Engoliu em seco e olhou para a estrada, quebrando o toque. Arte abriu os olhos e segurou sua mão, que estava apoiada no banco, e entrelaçou seus dedos. Com o coração na boca do estômago, Oliver buscou o olhar dele. Arte pegou o casaco jogado no espaço vazio ao seu lado e o colocou sobre as mãos unidas.

E assim, trocaram carícias em segredo.

Faltavam algumas horas para o show começar. Os Skywalkers estavam fazendo a passagem de som e Oliver estava torcendo para que seu dedo machucado não começasse a sangrar antes da apresentação. O mais nervoso ali era Johnny, que descontava toda a irritabilidade no novato, como de costume. Sempre que Oliver errava algum acorde ou se atrapalhava no tempo da música, o baterista arremessava uma baqueta em sua direção. Apesar disso, Oliver estava confiante. O palco já não era mais assim tão assustador.

Foi deixado sozinho quando a passagem de som terminou, dando a desculpa de que precisava afinar a guitarra. Respirou fundo e olhou ao redor. A casa de show parecia imensa, vazia daquela maneira. Um arrepio cruzou sua espinha ao imaginá-la lotada de pessoas os ouvindo tocar. Sem perceber, estava sorrindo. Com a guitarra ainda conectada ao amplificador, Oliver tocou *mi*, *ré* e *lá*, os primeiros acordes para o rock'n'roll, e engatou o riff de "Johnny B. Goode", do Chuck Berry.

Aproximou-se do microfone e começou a cantar, impressionando-se ao perceber como a própria voz havia amadurecido. Fechou os olhos e se deixou levar pela melodia. Nunca se cansaria de ouvir o som poderoso da guitarra, enchendo o peito com uma energia única. Era quase como se o instrumento fosse uma extensão do próprio corpo. Como se doasse um pedacinho de si mesmo para cada acorde que fazia com os dedos.

No solo de guitarra da música, Oliver abriu os olhos. Atrapalhou-se todo quando percebeu que Arte o observava do outro lado do palco, bonito demais com as roupas que escolhera para usar na apresentação. Ele fez um gesto para que Oliver continuasse a tocar e foi o que ele fez, com o coração quase pulando do peito enquanto via Arte se aproximar até que dividissem o microfone, entoando o refrão a plenos pulmões:

— *Go, Johnny, go, go!* — E foi naquele momento, em que as vozes estavam em uma sintonia única, que Oliver percebeu que era aquilo que ele queria para o resto de sua vida.

A música preenchia o vazio dentro dele, e Oliver queria se sentir completo para sempre.

Aquela havia sido a melhor apresentação dos Skywalkers. Sentiram isso antes mesmo de o show terminar, quando estavam tocando "Geração Coca-Cola", do Legião Urbana, e a plateia cantou junto bem alto. A energia do público estava tão forte que reverberava até eles, e os garotos se sentiram donos de sua própria força.

Depois do show, algumas pessoas vieram perguntar se eles tinham fitas demo para vender, e foi quando os Skywalkers decidiram que deveriam ouvir Johnny e começar a escrever as próprias músicas. Também receberam algumas propostas de apresentações, inclusive para outro festival de rock, dessa vez em Gramado.

— Parabéns, cara. Tocou melhor do que todas as outras vezes — Dani confessou para Oliver enquanto entregava sua parte do pagamento.

Oliver sabia que já tocava melhor que Leo. Talvez a música estivesse em seu sangue, mas não era de se gabar. Agradeceu e guardou o dinheiro na carteira.

Os garotos colocaram os instrumentos de volta na Kombi e seguiram viagem, rodando até pararem em uma pousada barata de beira de estrada. Eles tinham dinheiro o suficiente para ficar em algum lugar melhor, mas nenhum dos cinco ligava para luxo. Preferiram gastar a grana que sobrara em cerveja e logo estavam reunidos em um único quarto, bebendo e falando bobagens ao som de "Rebel, Rebel", do Bowie, no rádio portátil trazido por Leo.

Debateram sobre a setlist, sobre os melhores momentos e sobre como o público havia sido responsivo. Os garotos eram acometidos pela primeira vez por aquela sensação de encontrar um rumo. Algo que queriam fazer de verdade, algo em que eram bons.

— É isso que eu quero pra minha vida! — Leo explicitou em voz alta, meio grogue e enrolado, o sentimento que os cinco tiveram naquela noite.

— Então é melhor se esforçar um pouco mais se não quiser passar fome — rebateu Johnny.

— Do que tu tá falando? Eu sou o melhor guitarrista da nossa cidade.

— Que tem, sei lá, cinco guitarristas? Não deve passar disso — Dani entrou na brincadeira. — Além disso, acho que o Oliver tá mandando melhor que você.

As narinas de Leo inflaram quando ele respirou fundo, com o orgulho ferido.

— Eu ensinei tudo que esse merdinha sabe.

— Não ensinou, não — rebateu Oliver, prendendo o riso.

— Ah, é? — Leo apontou um dedo para Oliver e assumiu uma postura que jurava ser ameaçadora. — Você não tá mais convidado pra ensaiar na minha garagem. Larguei de mão.

— Então seremos só nós dois, boneca. — Johnny abriu um sorriso meio maldoso e abraçou Leo pelos ombros.

— Sai fora, tu também tá desconvidado. — Empurrou o amigo, e a discussão acabou sendo encerrada quando ele precisou vomitar.

Arte foi o único que continuou sóbrio, como de costume. Leo não demorou para apagar no tapete, e Oliver bebeu a ponto de derrubar cerveja na camiseta de Arte. Ele tinha certeza de que a mãe o mataria se soubesse que ele havia quebrado uma das promessas. Aquela foi a primeira vez em que ele encheu a cara.

Ao menos não tinha sido o único, já que Dani precisou ser carregado por um Johnny também não muito sóbrio para o quarto vizinho. Leo estava dormindo no tapete ao lado da cama de casal e ninguém se preocupou com ele.

— Arte — Oliver o chamou, arrastado, depois de Becker tê-lo deitado na cama.

— Não fala que é pior — Arthur interrompeu, apenas para não precisar ouvir Oliver reclamando em seus ouvidos. Desamarrou os cadarços dos All Star vermelhos e os retirou dos pés. Ergueu o rosto e se deparou com Oliver olhando para ele de um jeito preguiçoso e rindo baixinho. — Do que tu tá rindo, moleque?

— Eu não tô me sentindo bem.

— E isso é engraçado, por acaso?

Oliver balançou a cabeça, e o sorriso morreu no rosto. Os olhos ficaram marejados.

— Minha mãe vai me matar.

— Não vai. — Arthur não conseguiu segurar o riso. Ele ria fácil quando estava com Oliver. — Vai ficar tudo bem. Eu tô cuidando de você.

Oliver fungou e coçou os olhos. Do tapete, Leo roncava.

— Deita aqui comigo — Oliver pediu e segurou o braço de Arte com a mão em que havia um band-aid com uma carinha desenhada por ele.

Arthur não conseguiu encarar Oliver por muito tempo. Limitou-se a tirar os óculos que estavam tortos no rosto dele e colocá-los na mesa de cabeceira.

— Vai dormir, moleque. — disse, se levantando da cama.

— Você não vai dormir?

— Não. Vou ficar de olho em vocês dois.

Oliver sorriu. Arte passou a mão pelo mullet, desviando o olhar. Parecia vulnerável.

— Sua camiseta tá molhada.

— Eu sei. Você derramou cerveja em mim, esqueceu?

— Não. — As bochechas de Oliver esquentaram. — Eu tenho um moletom na mochila, se quiser usar.

Imaginou que Arte fosse reclamar do seu moletom como sempre fazia, contudo, ele apenas assentiu e foi até a mochila jogada perto do banheiro.

Arte tirou a camiseta dos Sex Pistols e, na luz fraca que o abajur do quarto emanava, Oliver foi capaz de ver a nuance de uma tatuagem que cobria toda a extensão das costas dele.

— Você tem uma tatuagem — sussurrou, e Arte olhou para ele por cima dos ombros. Terminou de vestir o moletom e assentiu, desinteressado. — Eu não sei nada sobre você...

— Não tem nada pra saber sobre mim.

"Perfect Strangers", do Deep Purple, tocava baixinho no rádio, desafiando o silêncio entre eles. Arte tateou os bolsos atrás de um maço de cigarro. Oliver sentia a cabeça rodar e o corpo pesar e, ainda assim, não conseguia desviar os olhos de Arte. Ele estava muito bonito vestindo seu moletom, que tinha ficado grande demais. Arte sempre vestia roupas justas, e havia algo de instigante para Oliver em vê-lo usando uma roupa sua.

— Deita aqui comigo, não precisa dormir — Oliver pediu outra vez, a voz arranhando na garganta.

Com um cigarro preso na boca enquanto procurava pelo isqueiro, Arte revirou os olhos.

— Se eu deitar contigo, tu cala a boca?

Oliver assentiu e ergueu o cobertor. Tentou se manter sério, mas estava um tantinho bêbado e não conseguiu evitar um sorriso bobo. Arte bufou e guardou o cigarro de volta no maço, largando-o na mesa de cabeceira. Abaixou-se para tirar os coturnos e quase se desequilibrou no processo. Então, sem olhar no rosto do outro garoto, deitou na cama e se ajeitou embaixo das cobertas, encarando o teto como se fosse muito interessante.

— Qual é a sua cor preferida?

— Que merda, garoto. Vai dormir.

Ficaram em um silêncio desconfortável durante longos segundos.

— Vermelho — Arte falou tão baixo que Oliver achou que fosse imaginação.

— A minha é amarelo — disse Oliver, embora o outro não tivesse perguntado. — E qual é sua música preferida?

Arte hesitou por alguns segundos antes de responder.

— Atualmente? "Pity Poor Alfie".

Naquele instante, Oliver sentiu o coração bater muito forte, e tudo o que ele queria era beijar Arte. Estava tocando "Down em mim", do Barão Vermelho, e ele estava deitado de lado, observando o rosto de Becker. Arte não tinha um único defeito aos seus olhos. Desejou ser possível viver naquele momento para sempre.

— Posso fazer mais uma pergunta?

— A última, e então você vai dormir.

Oliver respirou fundo e tomou coragem.

— Você gosta de mim?

Arte virou o rosto em sua direção. As sombras projetadas pela iluminação do abajur dançavam no rosto dele, e Oliver prendeu a respiração ao ter os olhos dele encarando os seus. Arte parecia pensar com cuidado sobre o que iria responder.

— Sim — sussurrou a resposta, quase baixo demais, como se doesse —, gosto.

Oliver não pensou, tinha a cabeça nas nuvens. Inclinou-se e roubou um beijo de Arte. Correu a mão pelos cabelos pintados de vermelho. Oliver adorava quando tocava Arte daquele jeito. Foi um beijo preguiçoso e com gosto amargo de cerveja e cigarro, que deixou seu corpo fervendo.

— Arte — sussurrou contra os lábios dele, arrepiando-se quando a mão desceu por suas costas. — Eu acho que tô apaixonado.

Oliver tinha certeza de que, na verdade, amava Arte Becker. Mas aquilo foi o máximo que conseguiu dizer. O silêncio que se seguiu foi como um peso em seu coração. Arte o encarou e havia algo ferido em seu olhar. Ele sentou no colchão, parecendo carregar o peso do mundo nas costas.

— Você não acha nada — respondeu ele, como se estivesse sufocando. A mão estava tremendo quando ele a estendeu até a mesa de cabeceira para pegar o maço de cigarro. — Eu sabia que não deveria ter me envolvido com você... Porra.

Oliver sentiu o peito doer. Aquela foi uma das piores coisas que já havia sentido. A rejeição machucava.

Arte acendeu um cigarro e quase levantou da cama, mas desistiu no último momento. Ele olhou para o outro garoto, e o cigarro dançou na boca quando ele cerrou os dentes. Oliver não deveria chorar, mas não era forte e estava bêbado.

— Oliver... — Talvez aquela fosse a primeira vez que Arte o chamava pelo nome. Doeu ainda mais. — Você não pode se apaixonar, ouviu? Eu gosto pra caralho de você, mas isso não pode acontecer.

Pela maneira como Arte frisou a última frase, Oliver entendeu o que não podia acontecer. *Eles* não podiam acontecer. Aquilo era o término de algo que nunca existiu. Arte tragou o cigarro em silêncio, e a melancolia em cada ação estava mais presente do que nunca. Foi uma surpresa quando ele segurou a mão de Oliver e a guiou por debaixo do moletom emprestado, até que estivesse tocando o peito dele. Conseguia sentir o coração dele batendo forte contra a sua palma. Arte guiou-o e deslizou os dedos pela pele quente, e Oliver sentiu no tato cada relevo disforme por toda sua extensão. Tentou contar cada cicatriz, mas parecia impossível.

— Isso serve pra me lembrar por que tenho que ir embora. Nas costas é pior, sabe? Por isso eu fiz a tatuagem. Meu pai dizia que era a parte preferida dele, então eu resolvi pintar ela do meu jeito. Mas o filho da puta achou outros lugares. — Ele tragou o cigarro uma vez e segurou a fumaça durante um longo tempo. — Se você se apaixonar, Oliver... Eu não vou conseguir ir embora.

O contato foi desfeito, mas Oliver ainda conseguia sentir o calor da pele nas pontas dos dedos. Arte havia mostrado seu coração e suas cicatrizes.

— Escuta, porra. Eu preciso que me prometa que não vai acontecer.

E, ao som de "A Night Like This", do The Cure, Oliver prometeu.

Entretanto, já era tarde demais. Lembrou-se da maneira que Arte sorria quando cantava e teve certeza disso. Sabia, no fundo de seu coração, que nunca amaria alguém com tanta intensidade quanto amava Arte.

— Levanta, seu jaguara. — Oliver acordou com Leo o empurrando para fora da cama. — Temos que cair na estrada.

Oliver levantou do chão e olhou confuso em volta. A cabeça estava latejando e o quarto parecia girar.

— Cadê o Arte?

Leo deu de ombros.

— Sei lá. Acordei de madrugada no *tapete*, sabe? — explicou, colocando as mãos na cintura. — Não é muito confortável, pra tu vê, né. Enfim, Arte não tava aqui e você tava apagado. Aí vim deitar na cama aqui do teu lado.

— Sério?

— Não tem nada de errado em dividir a cama com um parça — disse, na defensiva.

— Não, Arte não tava aqui?

— Não.

Oliver lembrou da conversa que tiveram. Da promessa que fez. De repente, sentiu vontade de chorar outra vez. Só não fez isso porque a vontade de vomitar foi mais forte.

Correu para o banheiro com Leo em seu encalço.

— O primeiro porre a gente nunca esquece — ele disse, dando tapinhas nos ombros de Oliver, que vomitava curvado sobre o vaso sanitário. — Mas sério, termina aí que a gente tem que ir.

Mais tarde, quando Arte apareceu dizendo que precisavam fazer o check-out, não demorou para que Leo esmurrasse a porta do quarto onde Dani e Johnny dormiam, berrando a ponto de acordar a pousada inteira. Johnny, só de cueca, voou para a porta e a abriu de supetão, pronto para a briga, mas Dani se apressou em separar os dois.

A viagem foi silenciosa de um jeito estranho. Arte, Johnny e Oliver não deram um pio durante todo o caminho. Johnny estava alheio, ouvindo música no Walkman e batucando com as baquetas, Arte dormia e Oliver tentava segurar o choro. O primeiro a descer foi Arte, que morava em um bairro de casas bonitas. Ele saiu da Kombi sem se despedir, e Oliver percebeu como hesitou em frente à porta de casa, como se não quisesse abri-la. Foram embora sem que Oliver visse o que aconteceu depois. Johnny foi o próximo. O baterista enfiou as baquetas na meia e pulou para fora da Kombi, mostrando o dedo do meio para Leo depois que o amigo o largou uma rua antes, só de implicância. Antes de se afastar, Johnny olhou para Dani e deu uma piscadela, o sorrisinho arrogante aparecendo rapidamente.

Leo buzinou para que Johnny saísse do meio da rua e seguiu caminho, parando em frente à casa de Dani. Despediram-se com um toque de mão, e Dani saiu da Kombi, entrando em casa. Oliver foi o último. A mãe já o estava esperando para saber como foi, mas ele inventou uma desculpa e foi direto para o chuveiro, onde poderia chorar sem que ninguém percebesse. Perguntava-se por quanto tempo seria capaz de esconder o que sentia.

Em seu quarto, abriu a mochila para que pudesse vestir a mesma camiseta dos Stones que havia usado no show. Ela trazia lembranças de coisas boas e cheirava a cigarro.

Todavia, não esperava encontrar um pequeno embrulho em meio às roupas. Seu coração ficou apertado, e as mãos foram rápidas em rasgar o papel de presente comum.

Era uma mixtape. Oliver se sentiu sem ar quando leu as palavras escritas na capa, com uma caligrafia caótica.

Poor Alfie; um sumário por Arte Becker.

PARTE III

PRIMAVERA ESQUECIDA E CONSTELAÇÕES

Andando nas ruas pensei que podia ouvir
Alguém me chamando, dizendo meu nome
Já estou cheio de me sentir vazio
Meu corpo é quente e estou sentindo frio

— "BAADER-MEINHOF BLUES"
LEGIÃO URBANA

Era uma noite quente e úmida típica de primavera quando Arthur enfim entrou em casa. Ele tinha passado algumas horas matando tempo na cidade depois de terem voltado de viagem, aguardando até ter certeza de que era seguro voltar.

Ele parou em frente à porta e hesitou pelo menos dois segundos antes de entrar. Sabia que o pai não estava em casa e só por isso se arriscava daquela maneira.

De qualquer forma, existia receio em cada passo que o levava pelos corredores da casa onde nascera e crescera e que, agora, temia. Ainda vestia o moletom de Oliver, e ele parecia enorme em seu corpo. Usar aquela peça de roupa fazia com que se sentisse mais seguro. O cheiro do garoto parecia impregnado no tecido, trazendo conforto e dor em proporções iguais.

A intenção de Arthur era somente tomar um banho, depois voltaria para o Plymouth 1960. Dirigiria para algum lugar onde pudesse encostar e dormir. Mas a teimosia o fez abrir a porta do cômodo que aprendera a evitar.

— Mãe? — sussurrou para o silêncio, assim que adentrou no quarto.

A mulher estava sentada em frente à janela e vestia somente uma camisola. Pareceu frágil demais sob o luar quando retribuiu seu olhar. Arthur se aproximou dela e segurou suas mãos geladas. As mãos da mãe sempre foram frias. Antes, era algo curioso. Agora, Arthur só conseguia pensar que aquilo parecia combinar com a bagunça mórbida que a mulher se tornara.

— Mãe — voltou a chamar, como se esperasse uma resposta.

— Beni?

O nome do irmão alcançou-o de maneira dolorosa.

— Não — corrigiu, sufocado. — Arthur.

O frio abandonou suas mãos quando a mãe o soltou. No entanto, se moveu para seu coração.

— Cadê o Beni?

Arthur quis gritar que ele estava morto, merda. Do mesmo jeito que estivera nos últimos anos. Engoliu as palavras com gosto amargo e se inclinou, dando um beijo na testa da mulher que parecia não o reconhecer. Então, deixou o cômodo sem olhar para trás.

E aquela foi mais uma noite em que Arthur Becker permaneceu esquecido.

11.

Mais do que nunca, Oliver não conseguia parar de pensar em Arte Becker.

Não houve um único dia em que não ouvisse a mixtape que ganhou de presente dele, embora houvesse algumas faixas que não conseguia ouvir sem sentir uma vontade terrível de chorar. "A Night Like This" era um bom exemplo. Oliver sempre gostou muito de The Cure, mas cada vez que aquela música tocava em seu estéreo, só conseguia se lembrar da promessa que fez.

Oliver se provaria como alguém incapaz de cumprir promessas.

De algum jeito, Arte parecia saber disso. Ele já não o convidava mais para dar uma volta no Plymouth 1960, nem sequer retribuía seus olhares. Oliver entendeu que haviam terminado aquela relação que nunca havia sido de fato estabelecida. Talvez fosse um gesto de misericórdia, como se Arte não quisesse dar esperança para um garoto perdido em seu primeiro amor.

Mas tudo que Oliver queria era se perder em Arte.

Os Skywalkers tinham uma apresentação agendada para o mês seguinte, um show só deles. Os ensaios eram mais frequentes agora que estavam escrevendo suas próprias músicas.

Johnny e Dani faziam uma ótima dupla de compositores. Leo gostava de ter a liberdade de se reservar pelo menos um solo em cada uma, que normalmente era mais longo do que deveria ser. Oliver estava feliz apenas por participar e dar sugestões. Arte escrevia as letras. Elas não falavam de amor, eram melancólicas e selvagens, assim como ele. A parte romântica ficava com Dani, que também escreveu algumas.

O verão estava chegando, e eles já tinham cinco músicas prontas. Os dias se tornavam cada vez mais quentes, o que era uma boa desculpa para que os garotos encerrassem o ensaio mais cedo para ir até uma das cachoeiras que havia nas fronteiras de Bruma do Sul.

A água lá era insuportavelmente gelada, mesmo no calor, e Oliver não se arriscava a entrar. Sentava nas pedras junto com Arte, ouvindo música no rádio portátil. Naquele mês, Arte ouviu muito Titãs e o álbum *Cabeça dinossauro*. "Polícia" era sua faixa preferida. Os dois não conversavam. Quando Oliver tentava puxar assunto, recebia apenas respostas monossilábicas.

Os Skywalkers costumavam ficar na água até o pôr do sol. Oliver descobriu, com certa surpresa, que Johnny tinha uma tatuagem no peito, mas ficou ainda mais surpreso ao notar os roxos que ele tinha espalhados na pele. Eram muitos. Arte nunca ousou se expor daquela maneira, sem camiseta, e Oliver sabia o porquê. Todas as noites antes de dormir, se lembrava das cicatrizes, e seu coração doía.

— Não vai entrar na água, paulista? — Johnny perguntou em uma tarde. O cabelo laranja estava grudado na testa, e seu lápis preto tinha escorrido até as bochechas.

Oliver disse que não. Queria ficar com Arte, mas ele parecia muito distante dali, lendo um livro de bolso. O autor era um tal de Asimov, e Oliver não fazia ideia de quem era aquele cara.

Johnny ameaçou puxá-lo pelo pé para dentro da água, e Arte foi rápido em segurá-lo pelos ombros.

— Para com isso — Arte avisou, sério.

— Chatão. — Johnny jogou água neles e se afastou para encher o saco de outra pessoa. A vítima da vez foi Leo, que teve a cabeça empurrada para debaixo d'água.

Oliver adorava as tardes que passavam na cachoeira.

No final do ensaio de quinta-feira, Oliver subiu na bicicleta e pegou a rota para casa. Agora que Arte não oferecia mais caronas, finalmente voltara a usar o presente de aniversário. Sentia falta do banco de couro do Plymouth 1960 e do cheiro de cigarro que já estava entranhado no carro. Também sentia falta da fita do The Jam e, principalmente, de como Arte sempre colocava a mão em sua coxa quando dirigia.

Entretanto, Oliver redescobriu como era gostoso andar de bicicleta e sentir o vento bagunçar os cabelos. Antes de chegar em casa, passou na pequena loja de música que existia quase escondida na cidade. Ouviu nos corredores da escola que finalmente o álbum de lançamento do The Smiths tinha chegado na cidade. Oliver queria muito comprar aquela fita e usá-la como desculpa para chamar Arte para que ouvissem em casa. Para isso, juntou o dinheiro do lanche da escola durante duas semanas. Aquela parecia a desculpa perfeita.

Comprou a fita com um sorriso ansioso no rosto.

12.

Arthur sempre estava de mau humor nas sextas-feiras. Ficava mais quieto do que o normal e propenso a explodir por qualquer coisa. Como da vez em que Dani se esqueceu de trazer a jaqueta de couro que pegou emprestada, e Arthur acreditou que aquilo era um bom motivo para cancelar o ensaio. Os garotos aprenderam que sexta-feira era o dia de ficar longe de Arthur, embora não soubessem que o motivo daquele estresse todo era porque o pai do garoto não trabalhava às quintas.

Arthur estava de mau humor porque o corpo doía e, não importava para onde fosse naquela merda de cidade, o pai sempre dava um jeito de encontrá-lo. Era obrigado a sentar a uma mesa e comer uma janta feita com congelados, embora tivessem dinheiro de sobra. Era forçado a encarar a mãe, que estava em um estado quase vegetativo e nem se lembrava de sua existência, e o pai, que não dava intervalo nenhum entre as latas de cerveja. Mas o pior vinha depois, quando o pai o forçava a lembrar que a culpa da morte do irmão era sua.

Ele estava sempre fedendo a cerveja e com um cigarro preso à boca. "Olha o que você fez com sua mãe", ele dizia. Doía mais do que quando o pai o queimava com o cigarro. Foram três vezes naquela noite, e mais três cicatrizes para a coleção. Em breve, precisaria de outra tatuagem.

O corpo doía, mas Arthur conseguia se esquecer disso quando cantava. Nas sextas-feiras, estava tão frágil que poderia quebrar. Contanto que não tentassem puxar conversa, ele ficaria bem. Ninguém descobriria.

Oliver não sabia disso. No final do ensaio, ele seguiu Arthur até o Plymouth 1960.

— Arte! — chamou-o, empurrando a bicicleta. — Você vai fazer alguma coisa hoje?

Durante um segundo inteirinho, Arthur apenas o encarou. Então, tirou a chave do bolso e enfiou na fechadura do carro. A verdade é que Arthur não conseguia olhar por muito tempo para Oliver, que sempre tinha a porra dos óculos tortos no rosto, um cabelo bagunçado que parecia não tomar jeito e band-aids coloridos nos dedos.

— Por que quer saber? — perguntou, mais ríspido do que gostaria. Os dedos coçaram e ele puxou o maço de cigarros. Precisava fumar.

— Eu pensei que... — Oliver limpou a garganta, enfiando a mão dentro do moletom que vestia. — Pensei que você podia ir lá em casa. Quer dizer, eu comprei uma fita de uma banda nova e achei que a gente podia escutar juntos e... e pegar novas músicas pro nosso repertório.

Arthur colocou o cigarro na boca e apertou-o com os lábios. Respirou fundo e ajeitou a camiseta dos Ramones, sentindo o tecido roçar nas feridas recentes no peito. Foi o que bastou para que decidisse abandonar a conversa e entrar no carro.

— Outro dia, Park.

Era o que sempre dizia para todos os convites. Não ficou para ver a decepção tomar conta do rosto de Oliver, porque aquilo doeria mais do qualquer machucado que trazia no corpo. Pisou no acelerador e dirigiu para longe. Sabia que um dia os convites parariam de vir.

Quando “Pity Poor Alfie” começou a tocar no rádio, Arthur avançou a fita. Só mais um pouco, e iria quebrar.

Oliver assistiu ao Plymouth 1960 desaparecer e se sentiu impotente de uma forma que jamais se sentira. Queria ter pedido um único minuto para conversarem, queria agradecer pela mixtape, queria ter entrado no carro só para que pudesse roubar um beijo, queria levar Arte ao seu lugar preferido da cidade e ser chamado de idiota por tal lugar ser o ferro-velho, queria ter pedido o telefone dele, mesmo que soubesse que não poderia ligar. Mas apenas assistiu a ele indo embora, mais uma vez.

Apertou a fita do The Smiths dentro de seu moletom até os dedos doerem. Subiu na bicicleta e pedalou. Se Oliver soubesse o que aconteceria, teria chorado antes de subir na bicicleta. Ou teria feito o possível para não chorar de fato, mas não conseguia evitar. Era um garoto que chorava por qualquer coisa, até com os comerciais de TV bregas de Natal do supermercado. Foi inevitável que sentisse a visão embaçar ao passo que ganhava velocidade na estradinha de terra que levava ao ferro-velho.

Ele não viu o motor quebrado e abandonado que invadia parcialmente a estrada. Estava tirando os óculos para enxugar o rosto quando a roda dianteira da bicicleta bateu contra o pedaço de aço, e Oliver foi arremessado para a frente. Rolou até o final da lombada e por pouco não deu de cara com a geladeira enferrujada. Um segundo se passou sem que ele conseguisse se mexer. Gemeu quando tentou se apoiar nos braços, e uma dor aguda se alastrou até os ombros. O braço direito não se movia e latejava. O primeiro pensamento que cruzou sua mente foi que não poderia mais tocar guitarra.

De um jeito quase inacreditável, conseguiu engolir o choro e levantou do chão. O resto do corpo doía, mas parecia estar tudo no lugar. Oliver percebeu que os óculos haviam caído e soltou um palavrão quando viu que estavam quebrados ao meio. Colocou os pedaços no bolso do moletom e notou que a fita do The Smiths também havia quebrado. O braço doía muito, e Oliver nem conseguiu dar muita bola para o aperto no peito. Nunca ouviria aquele álbum com Arte.

Mancando, caminhou quatro quilômetros até em casa, segurando o braço quebrado. A mãe e a irmã estavam trabalhando, e Oliver deitou no sofá, esperando até que uma delas chegasse em casa para levá-lo ao posto de atendimento do outro lado da cidade. A dor era tanta que, em algum momento, apagou.

Oliver estava de molho em casa com o braço engessado e precisou implorar para que a mãe deixasse que ele fosse até a escola avisar aos amigos que não poderia mais participar dos ensaios depois das aulas. No fim conseguiu, mas chegou vinte minutos atrasado, e sua mãe pediu que ele ligasse para ela buscá-lo depois.

Durante todo o caminho, Oliver pensou no que diria. Não teria como ensaiar para o show importante no mês seguinte, e só Deus sabia se seu braço quebrado se curaria até lá. Mas o que mais o deixava triste era não poder participar dos ensaios. Aqueles momentos eram os melhores de seu dia, e a música era a única coisa que o fazia se sentir bem.

— Que merda é essa? — gritou Johnny assim que Oliver entrou no auditório. Todos os olhares se voltaram para ele, que ajeitou os óculos, agora remendados na ponte com uma fita adesiva branca. Leo não estava por perto, nem Aline, que andava não aparecendo muito nos ensaios.

— Eu quebrei o braço — respondeu, nervoso, e buscou o olhar de Arte. As sobrancelhas dele estavam arqueadas e ele encarava o gesso como se fosse um monstro de sete cabeças.

— Tô vendo, Sherlock. Como que tu fez isso? Nós temos um show daqui a um mês, seu merda. — Johnny se aproximou como um furacão, cutucando-o no peito com a baqueta.

— Eu caí de bicicleta.

— Mas é um tongo mesmo, hein.

— Ei, cara, deixa ele — Dani interveio e acertou um tapa na baqueta, que caiu no chão. O baterista soltou um palavrão e a recolheu. — Não é como se ele tivesse feito de propósito.

— Que caralhos aconteceu? — A voz surpresa de Leo fez-se presente assim que ele voltou do banheiro, puxando o zíper da calça.

— Ele caiu da bicicleta — os outros dois explicaram juntos. Arte ainda não demonstrava reação alguma.

— Ô, porra. E o show?

— Convoco uma reunião — disse Dani, tirando a alça do baixo. Todos os garotos olharam para Arte, que era meio que o líder da banda, mesmo que Johnny não concordasse com isso. Ter um líder não era lá muito antissistema.

Arte puxou um cigarro do maço e o acendeu.

— Vamos pra fora.

Os Skywalkers se reuniram na pracinha deserta da escola, que estava vazia antes do início das aulas do período da tarde, e sentaram quase espremidos no gira-gira. Arte ainda terminava um cigarro enquanto os outros esperavam que ele começasse a falar. Oliver percebeu que ele não conseguia desfazer o vinco entre as sobrancelhas.

— Não podemos cancelar o show. Precisamos da grana — começou ele, e os outros concordaram. — Vocês conhecem algum outro guitarrista-base?

Pensar em outro cara tocando guitarra em seu lugar fez o estômago de Oliver revirar. Parecia errado, errado demais. Não era qualquer pessoa que podia ser um Skywalker. De um jeito egoísta, sentiu-se aliviado quando todos negaram.

— Acho que não temos tempo para procurar outro guitarrista. — Arte tragou o cigarro uma última vez antes de apagá-lo com o pé, na areia. — Eu toco a base. Tô um pouco enferrujado, e vamos precisar de mais ensaios. Park, consegue ficar nos ensaios depois da aula? Vou precisar da tua ajuda.

Oliver não pensou duas vezes antes de assentir, sorrindo sem perceber.

— Tá sorrindo por quê? Tamo na merda, seu bosta — resmungou Johnny, pulando para fora do gira-gira.

O sorriso morreu na hora. A culpa o atingiu em cheio, e se odiou por aquele braço quebrado. Enquanto os veteranos saíam do brinquedo, Oliver olhou para Arte para se certificar de que ele não estava irritado. Mas sorriu outra vez quando ele o segurou pelo braço bom, dando o apoio necessário para que conseguisse se levantar.

Arte continuou segurando seu braço até que voltassem para o auditório.

Oliver mal conseguia esconder o quanto estava surpreso com o fato de que Arte realmente sabia tocar guitarra. Ele demorava um pouco para trocar as notas e às vezes se atrapalhava para encontrá-las no instrumento, mas sabia. Inevitavelmente, Arte sempre o surpreendia.

No final do ensaio, foi segurado pelos veteranos, que insistiram em assinar o gesso. Ao ler o que havia sido escrito, Oliver se perguntou se aquela era a sensação de ter amigos. "*Cuzão*", era o que Johnny escrevera em um garrancho. Ao menos ele tinha desenhado um coração do lado. "*Diga adeus à punheta*", foram as palavras de Leo. Oliver já estava preocupado, pensando em como esconderia aquilo da mãe. "*Melhora logo, precisamos do quinto Skywalker*" — é claro que Dani era a melhor pessoa do grupo. Arte não escreveu nada, e Oliver tentou não ficar decepcionado.

Ele estava tendo um pouco de dificuldade para usar o telefone público na frente da escola quando Arte surgiu ao seu lado, quase o matando do coração.

— Ei, moleque, quer carona para casa?

Definitivamente, morreria do coração.

— Sim — soou animado de um jeito quase vergonhoso. — Só preciso avisar pra minha mãe.

Arte assentiu e caminhou até o Plymouth 1960, estacionado logo à frente, e pulou para dentro do carro, que estava com a capota abaixada. Oliver catou algumas moedas e ligou para casa, avisando que iria pegar uma carona. Quando desligou o telefone, o coração batia forte na ansiedade de entrar naquele carro depois de tantos dias. Arte abriu a porta do carona por dentro, e Oliver se ajeitou no banco, tentando colocar o cinto. Notando sua tentativa falha, Arte revirou os olhos e o ajudou. Foi muito difícil não beijá-lo estando tão perto daquele jeito.

Arte se afastou e ligou o carro, dando partida. Oliver nem disfarçou o sorriso quando a fita do The Jam começou a tocar no rádio.

— Qual é a desse sorriso? — Arte o pegou de surpresa, fazendo-o ajeitar os óculos remendados.

— Essa fita do The Jam... Eu também gosto dela.

Depois de um mês desde o show na capital, aquela era a primeira vez que via Arte sorrir. Ficaram em silêncio durante boa parte do caminho, e Oliver queria muito agradecer pela fita que havia ganhado de presente, mas temia dizer a coisa errada e fazer Arte se afastar outra vez.

— Escuta... — Arte acendeu um cigarro. — Pode dizer pra tua mãe que ela não precisa se preocupar mais. Vou te levar em casa depois das aulas.

— Vai?

— Tu é um desastrado do caralho, é claro que eu vou. Não quero perder mais um guitarrista-base.

Oliver olhou para baixo e tentou esconder o quanto ficou feliz com aquilo. Arte não tinha muito tato e falava de maneira rude, mas ele captara a preocupação escondida nas entrelinhas.

Não conversaram mais durante o caminho, embora Oliver sentisse a garganta doer por causa de todas as coisas que gostaria de dizer. Distraiu-se com as músicas do The Jam e com a maneira como cabelo de Arte esvoaçava.

O Plymouth 1960 foi estacionado na frente da casa de Oliver, e não ao lado do cinema, o que costumava ser um convite implícito para que acabasse aos beijos no colo dele. Oliver tentou novamente não ficar muito decepcionado.

— Obrigado — agradeceu enquanto soltava o cinto de segurança. Colocou a mão na maçaneta e estava pronto para sair, mas acrescentou: — Eu gostei muito do presente. Da mixtape que você fez pra mim.

Arte não olhou para ele, mas Oliver podia jurar que ele estava ficando vermelho.

— É pra você estudar — explicou, surpreendentemente sem jeito. — Vamos tocar as músicas ainda esse ano.

Oliver assentiu, embora suspeitasse que era papo furado. Arte tinha gravado aquelas músicas pensando nele. Ao menos, era o que gostava de acreditar quando ouvia a fita, deitado na cama e pensando em Arte Becker.

Arte terminou o cigarro, e ele entendeu que era sua deixa. Abriu a porta do carro, mas sentiu a mão dele em sua coxa antes que pudesse sair. Arte se inclinou em sua direção e, por um segundo sufocante, Oliver achou que ele o beijaria. Arte abriu o porta-luvas e tirou uma caneta dali, girando seu braço machucado para que pudesse escrever em um local mais discreto no gesso. A letra era pequena, e ficava difícil de entender as palavras sem trazer o braço para mais perto.

— Pronto, cai fora. — Arte colocou as mãos no volante, ainda sem encará-lo. Quando Oliver fez menção de parar e ler o que havia sido escrito, ele o impediu. — Lê em casa, Park, eu tô com pressa.

Oliver podia jurar que ele estava vermelho outra vez.

Saiu do carro e o observou desaparecer na esquina, cantando pneus. Só então acreditou ser seguro espiar o gesso.

Alfie,
Você é quase tão bonito quanto um Plymouth 1960.

Era sexta-feira à noite e Oliver estava deitado na cama, olhando para o teto. Tinha estrelas que brilhavam no escuro coladas ali e, no tédio, as contava. Era um saco estar com o braço quebrado. Não podia tocar violão, não podia andar de bicicleta direito, não podia nem ler quadrinhos confortavelmente. Sem falar que o braço coçava muito.

Batidas soaram na porta, chamando sua atenção.

— Telefone pra você — a mãe avisou, sem abrir a porta.

Oliver levantou-se em um pulo e saiu do quarto, caminhando até o telefone. Ninguém ligava para ele. Tinham acabado de conseguir instalar a linha, depois de meses na lista de espera, e era tão cara que Oliver estava terminantemente proibido de usá-la, exceto em casos de emergência. Além disso, ele só tinha passado o número para os caras da banda, mas eles nunca tinham ligado antes. Talvez fosse Arte, pensou, ansioso.

— Alô? — disse ao pegar o gancho.

— *E aí, cara.* — Não era Arte, era Leo. Oliver tentou não ficar desanimado. Andava fazendo isso com muita frequência ultimamente. — *Tá fazendo alguma coisa?*

— Não — respondeu. — Morrendo de tédio, na verdade.

— A gente tá indo no Monco, quer ir também?

Oliver nem pensou duas vezes antes de aceitar. Disse para a mãe que sairia com os amigos e fingiu não perceber o quanto ela ficava incomodada com isso. Não demorou para que buzinas soassem no portão, e Oliver correu até o carro de Leo. Ele tinha comprado uma Brasilia 1980 laranja e andava com ela para cima e para baixo. Johnny estava no banco do carona, e Oliver sentou atrás com Aline. O rádio estava ligado na Vigente FM, a rádio da cidade, e Genesis tocava.

— Oi, valeu por me chamar — Oliver cumprimentou enquanto lutava para conseguir colocar o cinto de segurança.

— Capaz, cara — respondeu Leo, e então bateu na mão de Johnny, que tentava trocar a estação. — Mas que saco, para de mexer!

— Tira dessa rádio merda então — Johnny bufou, cruzando os braços feito uma criança birrenta. — Prefiro beber cloro a ouvir o mela-cueca do Phil Collins.

— Ninguém tá te impedindo, parça.

— Quero ver vocês acharem outro baterista nesse cu de mundo.

— A Lina aprende, né? — Leo olhou para trás e abriu um sorriso quando a garota concordou. Foi a distração necessária para que Johnny conseguisse trocar de estação. — Larga a mão do meu rádio, seu merda!

A moto de Dani, que nada verdade era do pai dele, já estava estacionada na frente do bar quando chegaram, e o amigo tinha guardado uma mesa para eles. O Monco estava cheio naquela sexta-feira, e parecia abrigar todos os jovens da cidade. No rádio do bar, "Psicopata", do Capital Inicial, tocava. Era um bar pequeno e pouco iluminado, o chão grudento. As mesas eram daquelas de plástico com propaganda de cerveja. Costumava lotar quando tinha Grenal. Monco servia cervejas e petiscos — churrasco no domingo — e tinha uma mesa de sinuca e outra de pebolim, liberadas por ficha.

Sentaram na mesa com Dani, e os veteranos pediram cerveja. Oliver e Aline ficaram na Coca-Cola. Johnny era meio que amigo do dono do bar e arranjou cerveja de graça, alguns cigarros e umas fichas. Ficou um tempo conversando com Monco, que era um homem meio grosseiro de uns sessenta anos que falava palavrão o tempo todo. Diziam que ele não tinha família viva.

— Não tem nada de bom passando no cinema — reclamou Leo, tomando um gole de cerveja. — Só queria ver um filmezinho bacana.

— Tem *Poltergeist 2* — disse Johnny.

— Olha minha cara de quem vai ver *Poltergeist 2*.

Johnny deu de ombros.

— Tá passando *Top Gun* também — Dani informou.

— Esse filme aí tá passando desde julho — bufou Leo. — Já assisti cinco vezes, se eu vir a cara do Tom Cruise na minha frente de novo eu surto.

— Cara, cinco vezes? — perguntou Johnny. Então, abriu um sorriso afiado. — *Top Gun* é um filme totalmente gay, sabia?

— Corta essa.

— Totalmente — concordou Aline.

— O Maverick tem até uma namorada no filme, seus malucos.

— Isso não quer dizer nada. — Johnny tomou um gole da cerveja, puxando um cigarro e um isqueiro de dentro da jaqueta de couro. — O Maverick é caidinho pelo Ice, a namorada é só fachada. Assistiu cinco vezes e nem notou, tu é tapado mesmo.

— Nah — discordou Dani. — Acho que ele é bi.

— Hum. — Johnny acendeu o cigarro, tragando-o enquanto pensava. — Tu tem razão, Dani. Ele com certeza é bi.

— Não entendo dessas coisas como vocês entendem — disse Leo.

— Não entende? — Johnny ergueu uma sobrancelha, debochado. — Quem veio com uns papos de comparar o tamanho do pau no ginásio foi você.

Dani se engasgou com a cerveja e riu, Aline fez uma careta e Leo ficou tão vermelho quanto sua camiseta do Internacional. Oliver pensou que tinha que assistir *Top Gun* assim que pudesse.

Johnny levantou da mesa, dizendo que ia ao banheiro fumar um baseado, e Leo foi com ele. Um breve silêncio se instalou na mesa, como se esperava que acontecesse com três introvertidos reunidos.

— Você sabe se o Arte vem? — perguntou Oliver. Estava querendo perguntar aquilo desde que chegou, mas tentava não ser tão óbvio.

— Não deve vir — respondeu Dani e olhou para Oliver como se estivesse desconfortável com a pergunta. — Ele não gosta de fazer nada com a gente fora dos ensaios. Ainda mais nas sextas.

— Por quê? — perguntou Aline.

— Ele tem os motivos dele.

Oliver se perguntou o quanto Dani sabia. Suspeitava que o motivo de Arte ser tão reservado estivesse relacionado com suas cicatrizes, mas não tinha como Dani saber disso. Achou melhor não perguntar. Dani levantou da mesa para pegar mais cervejas e pedir batatas fritas.

— Tu tá de rolo com ele, né? — perguntou Aline, de repente.

Oliver se engasgou com o refrigerante.

— Quê?

— Com o Arte.

Ele não respondeu, a princípio. Limpou a garganta, recuperando-se da tosse, e olhou para baixo.

— Não mais.

Aline o considerou por um momento, e o olhar afiado pareceu se apaziguar.

— Não vou contar pra ninguém.

Oliver olhou para ela em um agradecimento mudo por não fazer mais perguntas. Não sabia se queria falar sobre isso. Não sabia o que Arte faria se todos soubessem. Dani voltou para a mesa com os pedidos, e a conversa morreu ali. Johnny e Leo voltaram um tempo depois e, quando terminaram as batatas fritas, Dani arrastou o grupo para o pebolim. Leo não quis jogar e foi flertar com uma garota no balcão.

— Não vou conseguir jogar com o meu braço — avisou Oliver, erguendo o gesso.

— Tadinho. — Johnny passou um braço sobre seus ombros. — Seguinte, paulista, eu e você contra esses dois otários.

Formaram as duplas. Oliver ficou encarregado apenas do gol, o qual conseguiria controlar com um braço só. Johnny era bom o suficiente para segurar as pontas, mas Aline era tão competitiva quanto o irmão e não entregaria o jogo fácil. "Rádio Pirata", do RPM, tocava no rádio. Sempre que Oliver defendia um gol, Johnny acertava um tapa em suas costas que quase o derrubava em cima da mesa de pebolim.

Lá fora, Oliver pensou ter ouvido o ronco do motor do Plymouth 1960. O som era inconfundível, mas Arte não apareceu no bar naquela noite.

Estava tudo bem. Oliver jogava com seus amigos e se divertia espontaneamente, nem pensava no braço quebrado e no show do qual não participaria. Se Oliver soubesse que aquele seria um dos últimos shows dos Skywalkers, nunca teria saído com sua bicicleta no dia em que quebrou o braço. Só para ter mais tempo com os amigos.

Só para ter mais momentos como aquele.

No final do ensaio de terça-feira, Arte levou Oliver para casa. Dava carona todos os dias, como tinha prometido. Não havia muita conversa entre eles, mas as coisas pareciam ter voltado ao normal, de certa maneira.

— Você quer entrar? — Oliver perguntou quando estacionaram em frente à sua casa. O coração vibrou em expectativa enquanto observava Arte tragar o cigarro, pensativo.

— Outro dia, Park. — A resposta não foi surpresa. Surpresa foi o que ouviu a seguir: — Mas vamos dar uma volta. Deixo tu escolher.

Nunca esqueceria da expressão cômica de Arte quando decidiu e disse que queria ir ao ferro-velho. Não houve contestação, apenas uma risada característica, o ar escapando pelo nariz. Ao som de "Running On The Spot", seguiram caminho para o ferro-velho da cidade.

Quando desceram do carro, Oliver não pôde evitar se sentir animado. Seu lugar preferido no mundo, com sua pessoa preferida no mundo.

— Qual é o teu problema? — Arte perguntou, buscando o maço de cigarros enquanto observava o lugar. O reflexo do sol nos cabelos vermelhos dele era de tirar o fôlego.

— Eu gosto de vir aqui — respondeu, buscando um pouquinho de orgulho nas palavras. — Muitas coisas legais são encontradas no ferro-velho.

— Claro.

Oliver ignorou o deboche e sentou no sofá encardido de sempre. Acreditou que Arte continuaria em pé, encarando-o daquele jeito pretensioso, mas ele o seguiu e sentou ao seu lado. Depois de alguns segundos de silêncio, foi ele quem falou primeiro, após uma tragada:

— O que tu faz quando vem aqui?

— Leio quadrinhos. — Omitiu a parte sobre quebrar coisas.

Arte riu. Para Oliver, aquele sempre seria um dos sons mais bonitos do mundo.

— Não cansa de ser um nerd de merda? — Arte disse, sem querer ofender de verdade. Oliver fingiu estar ofendido, o que arrancou mais uma risada dele. Arte apoiou os braços no encosto do sofá, com o cigarro pendurado nos lábios. — Tem um aí?

— Um o quê?

— Um quadrinho, caralho.

Oliver assentiu, e as bochechas esquentaram. Pegou a mochila que sempre carregava para cima e para baixo e tirou dali a edição nova do Homem-Aranha. Entregou para Arte, que não fez menção de pegá-la.

— Abre aí, vamos ler.

Oliver levou um momento para processar aquelas palavras. Então, abriu o quadrinho que tinha comprado com a mãe no domingo e que tinha deixado na mochila para emprestar para Aline. Ele já tinha lido na noite anterior, mas não se importava de reler. De jeito nenhum.

Leram juntos, e Arte parecia realmente concentrado. Até se esqueceu do cigarro que queimava sozinho entre os dedos. Havia uma árvore de flores amarelas fazendo sombra para eles. Estavam quase no final da história quando Oliver ergueu os olhos e viu que Arte estava com algumas pétalas presas nos cabelos bagunçados.

Era final de primavera e Arte tinha flores amarelas em seus cabelos vermelhos. E estava tão bonito que doía.

O verão de 1986 chegou sem avisar e, com ele, o fim das aulas. Oliver tinha boas notas, o suficiente para não se preocupar com as provas finais. Já Arte parecia sério demais. Oliver se perguntava se ele estava preocupado com o boletim, já que era o último ano dele na escola.

O doutor Geraldo, o único médico da cidade, dissera que em poucas semanas Oliver poderia tirar o gesso. Ele sentia falta de tocar guitarra e queria poder participar do show que fariam na escola no dia da formatura, mas, ainda assim, o último mês havia sido um dos melhores daquele ano.

Ele havia passado muito tempo no escuro, mas agora Oliver finalmente conhecia um pouco mais sobre Arte, que continuava levando-o em casa depois das aulas e até o buscava nos sábados, para os ensaios. Ele não aceitava os convites para entrar na casa de Oliver, e também não se beijavam mais, mas os dois conversavam.

Eles não se tocavam mais e, ainda assim, pareciam ter mais intimidade do que nunca. Arte gostava de filmes de ficção científica e era fã de *Guerra nas estrelas*. Também gostava de estudar e tirava notas boas, principalmente em História. Tinha feito aulas de piano quando mais novo. Gostava de dançar. Gostava de dias chuvosos, mas não gostava de temporais porque não conseguia dormir. Tinha alergia a gato, mas era seu animal favorito.

Oliver se lembraria de todas essas coisas, mesmo anos depois.

Passava da meia-noite quando o telefone tocou.

Oliver correu para atendê-lo antes que a mãe ou a irmã acordassem. Naquela época, dormia mal por causa do braço quebrado. Sentia muito calor com o gesso e o ventilador barato que tinha no quarto não dava conta.

— Alô? — disse, tentando falar baixo. Não fazia ideia de quem poderia ser àquela hora.

— *Oli, me escuta.* — Era Lina. Ela parecia nervosa. — *Consegue ir atrás do Johnny? Ele tá aí no cinema velho. Por favor.*

— O que aconteceu?

— *Meus irmãos...* — começou ela, mas logo desistiu de explicar. Não precisava de explicação para que Oliver entendesse. — *Ele tava mal quando saiu de casa, só vai ver se ele tá bem. Por favor.*

Oliver prometeu que iria e desligou o telefone. Antes de sair, foi até o banheiro e pegou a caixa plástica transparente onde a mãe guardava medicamentos. Tentou não fazer muito barulho enquanto saía de casa e caminhou pela calçada deserta até o velho cinema. Estava se perguntando como Johnny tinha entrado ali até encontrar uma tábua solta em uma das pontas. Ergueu-a e entrou no terreno abandonado. A porta do cinema estava trancada, mas havia uma janela aberta quando ele deu a volta no prédio.

Por dentro, o lugar parecia locação de filme de terror. As paredes estavam pichadas e havia cacos de vidro espalhados pelo chão. Música tocava baixinho em algum lugar, e Oliver seguiu o som, segurando a caixa de remédios firmemente contra o peito com a mão boa. Não demorou para encontrar Johnny. Ele estava em uma das salas, e ela parecia assustadora, vazia daquele jeito. A maioria das poltronas haviam sido arrancadas e o telão branco estava pichado e rasgado. Johnny estava logo abaixo dele, sentado em um colchão fino.

Tinha um rádio portátil tocando punk, garrafas de bebida espalhadas no chão, uma lanterna e um cobertor velho. Parecia estar passando a noite ali com frequência.

Não demorou para ele perceber Oliver parado no corredor que descia até o telão.

— Que porra tu tá fazendo aqui?

Johnny estava sangrando. O rosto dele estava vermelho e tinha um corte na testa. A fala dele estava um pouco enrolada. Oliver logo se aproximou, abrindo a caixa de medicamentos. Explicou que recebeu um telefonema de Aline, e o baterista pareceu não ter ficado muito feliz com isso, mas não xingou tanto assim porque parecia zonzo. Oliver pegou o frasco de antisséptico e uma gaze na intenção de fazer um curativo no machucado da testa.

— Eu tô bem, para com essa porra — Johnny xingou, e derrubou o frasco de sua mão com um tapa. — Sai fora!

Só então percebeu que o braço de Johnny também sangrava. Tinha um corte fundo no antebraço, ao lado do cotovelo.

— O seu braço...

— Foda-se a porra do meu braço — Johnny esbravejou, inclinando-se para pegar uma garrafa de vodca jogada ao lado do colchão. Ele tomou um longo gole e depois esfregou os olhos. A respiração soou trêmula. — Cala a boca.

— Eu não disse nada.

Oliver não soube o que fazer quando percebeu que Johnny estava chorando. Achou melhor não dizer nada e ficou em silêncio ao lado dele. Depois do que pareceu uma eternidade, Johnny descobriu os olhos e encarou o próprio braço. Fez uma careta.

— O filho da puta do Jonas... — disse baixinho, parecendo estar falando consigo mesmo.

— Deixa eu te ajudar — Oliver pediu e recolheu o frasco de antisséptico do chão. — Isso pode infeccionar.

— Que infeccione e me mate logo. — Johnny riu, ácido. — Gente tipo eu não vive muito, né? Todo dia um pobre fodido morre, mesmo. — No entanto, não o empurrou quando Oliver segurou o seu braço. — Só mais um João, como dizem.

Johnny deixou que Oliver fizesse um curativo no braço machucado, mas continuou recusando que encostasse em sua testa. Ele ergueu a camiseta para tentar enxugar o sangue do rosto, borrando ainda mais o lápis de olho. Passou a garrafa de vodca depois de tomar mais alguns bons goles, mas Oliver não tinha intenção nenhuma de beber.

— Não fala pra ninguém que eu fico aqui — pediu Johnny, depois de um longo silêncio. — Senão vou afofar essa tua cara no soco.

Oliver assentiu e ajeitou os óculos no rosto. Os dois congelaram quando ouviram passos do lado de fora da sala, pisando nos cacos de vidro. Johnny pareceu ficar ainda mais pálido.

— Johnny! — Era a voz de Leo.

O baterista grunhiu e esfregou os olhos outra vez.

— Anda, me dá um soco aqui. — Apontou para o próprio olho. — Rápido, antes que ele chegue.

— Não vou te bater — Oliver recusou, franzindo as sobrancelhas. Até que entendeu o motivo daquele pedido. — Não tem problema você chorar...

— Cala a boca, paulista — interrompeu e apontou um dedo para ele. — Não tô chorando. — Enxugou os olhos vermelhos. — Vou te matar se tu falar qualquer coisa. — Oliver não acreditou naquela ameaça nem por um momento, mas sabia guardar segredo. Era bom nisso. — Só o que me falta é aquela guria ter ligado pra porra da cidade inteira.

Leo entrou na sala de cinema abandonada e ficou encarando os dois com os olhos arregalados.

— Me dá esse negócio aí — Johnny quebrou o silêncio, apontando para a bandagem dentro da caixa de medicamentos. Oliver se moveu para pegar. — Enrola aqui no meu pescoço, vou ali me enforcar.

Oliver largou a bandagem e riu, sem conseguir se conter. Leo se aproximou dos dois como um furacão e se abaixou em frente ao baterista, olhando-o com preocupação. Os dois pareceram ter uma conversa silenciosa através de olhares, da qual Oliver não conseguia entender uma única palavra.

— Quer ir lá pra casa? — perguntou, enfim.

— Não, da última vez a vaca da tua mãe me expulsou com uma vassoura e quase quebrou outra costela minha — Johnny respondeu. — Vou dormir aqui.

Leo assentiu.

— Vou ficar aqui com você.

— Que fofo — Johnny debochou e pegou a garrafa de volta. — Vai dormir de conchinha comigo?

— Sai fora, porra. — Leo o empurrou pelos ombros, o que fez o baterista abrir um sorriso grosseiro. — Mas posso chamar o Dani, quer?

Johnny ficou sério e o empurrou de volta. Oliver podia jurar que ele estava sem jeito, mas não tinha como ter certeza. Era tudo muito difícil com Johnny. Os dois ficaram fazendo companhia para ele naquela noite, mesmo que Oliver soubesse que precisaria voltar antes que sua mãe acordasse. Depois de um tempo, Johnny deixou que Oliver fizesse um curativo na testa dele também. Não parecia ter mais nenhum outro machucado, ao menos jurou que não tinha. Oliver decidiu acreditar nele, só daquela vez.

Ficaram jogando truco, mas Oliver não aprendia as regras de jeito nenhum. Mesmo muitos anos depois daquela noite no cinema abandonado, ele nunca conseguiu entender como aquele jogo funcionava.

O dia da formatura chegou mais rápido do que deveria.

Os Skywalkers estavam reunidos nos bastidores, esperando o momento de entrar no palco para o show. Ainda levaria alguns minutos, talvez uma hora, e estavam jogando cartas para matar o tempo. Conseguiam ouvir a cerimônia que acontecia no pátio, logo em frente ao ginásio. O nome de cada um dos formandos era chamado para a entrega do diploma.

Johnny tinha repetido de ano e não participaria da formatura. Como era contra o sistema, não podia se importar menos. Arte também não participaria, mas porque não queria. Sophia também não foi, porque precisou resolver algumas coisas da faculdade. Ela já tinha passado no vestibular da UFRGS, e ela e Tarsila viajaram para a capital para organizar tudo.

Oliver sabia que nada mudaria quando a irmã saísse de casa. Talvez para a mãe, mas não para ele. Não conversavam, e a ausência da irmã não faria falta, embora ele lamentasse não saber qual era a sensação de ter uma relação próxima de irmãos, como Johnny e Aline.

Lá fora, o nome de Arte foi chamado, e os garotos olharam para o vocalista. Ele tinha um cigarro pendurado na boca e parecia concentrado demais nas cartas que tinha em mãos.

— Que foi, porra? — perguntou ele, sem erguer os olhos, e acrescentou uma carta ao monte.

— Tem certeza que não quer ir lá pegar? — Dani perguntou.

Arte resmungou algo que deveria ser uma negativa. Era a vez de Oliver.

— Arte...

— Eu não quero, ok? Não me importo. — O que talvez não fosse verdade. Sempre tirava as melhores notas nas provas. — Essa merda é pra família, e adivinha? A minha não tá aqui.

Os garotos se entreolharam.

— Vamos lá — Leo declarou.

Arte protestou. Os Skywalkers o seguraram pelos braços e ele foi arrastado porta afora. Atravessaram todo o ginásio até o pátio da escola sob xingamentos, ameaças de morte e até alguns pontapés. Mas nada impediu os garotos de levarem Arte até a cerimônia. Todas as cabeças se viraram para olhá-los. Leo roubou um chapéu de um dos formandos e o colocou na cabeça de Arte.

— Arthur Becker, atrasado! — Johnny anunciou e empurrou Arte para o pequeno palanque onde estavam sendo entregues os diplomas. Outro formando estava ali, terminando de tirar a foto com a família. O diretor se atrapalhou um pouco, mas conseguiu achar o pedaço de papel perdido entre os tantos que segurava nas mãos.

Arte pegou o diploma e olhou desacreditado para ele.

Ele se formou com as melhores notas da turma. Os Skywalkers, ao lado do palanque, gritaram e assobiaram alto o bastante para contagiar o restante dos formandos e famílias, que olharam como se os meninos fossem loucos, mas aplaudiram também. A banda subiu no palanque e se reuniu em frente ao fotógrafo, para a foto de família.

Arte ajeitou o chapéu e abraçou Oliver pelos ombros. Sorriu para uma foto pela primeira vez em muito tempo.

Naquele instante, Arthur descobriu que os Skywalkers eram a família de que ele precisava.

Voltaram para o ginásio. A cerimônia estava quase terminando e a comemoração teria início em breve, o que incluía o show. Aos poucos, conseguiam ouvir as pessoas chegando ao local, onde tocava um pop qualquer. Oliver já sentia a sensação gostosa de ansiedade que sempre enfrentava antes de um show começar.

Depois de um tempo, a música cessou. Era a deixa deles. Foram para o palco, onde os instrumentos já estavam posicionados. Os quatro abriram o show com "Segurança", dos Engenheiros do Hawaii.

Era injusto Oliver ter que ficar escondido nas coxias enquanto a banda estava no palco. Conseguia ouvir a plateia aos berros e não estava lá em cima para ver. Sentia-se quase traído, mas parte do sentimento morria quando observava Arte tocando a Giovannini, *sua guitarra*. A guitarra era de Leo, mas ainda assim. Era Oliver quem a tocava.

Os Skywalkers tocaram Beatles, Barão Vermelho, Scorpions, Raul Seixas, Capital Inicial e também deram um jeito de enfiar suas músicas autorais na setlist. A resposta do público foi excelente, provando que eles levavam jeito.

Mas Oliver viu, pelas frestas da coxia, que todos os olhares estavam voltados para o vocalista. E por que não estariam?

Arte era de tirar o fôlego.

formatura
★ 1986

Depois da apresentação, os Skywalkers se reuniram no Monco. Dessa vez, Arte foi junto, porque os garotos fizeram questão de arrastá-lo com a desculpa de comemorar sua formatura.

— Fala, paulista, como foi assistir ao show de camarote? — perguntou Johnny, já falando um pouco enrolado depois de quatro cervejas. Ele e Leo eram os únicos que estavam bebendo.

— Uma merda — respondeu. Arte estava sentado ao seu lado, com o braço apoiado no encosto de sua cadeira. Na privacidade dos seus pensamentos, Oliver se permitiu imaginar que ele era seu namorado. — Eu queria ter ficado no palco com vocês.

— No próximo tu toca com a gente — garantiu Dani.

— Quando tu vai ver nosso show, hein? — perguntou Leo para Aline, que saiu para encontrá-los no Monco só porque sabia que Leo pagaria pelo lanche.

— Nunca — ela respondeu. — Já escuto a bagunça de vocês nos ensaios.

— Te larguei de mão, viu. — Leo se virou para Arte, ignorando Aline. — E aí, quais os planos agora que tu se formou?

Um breve silêncio se seguiu. Dani encarou o colega de banda como se ele tivesse deixado escapar um segredo. Oliver não entendeu o que acontecia.

— Nenhum — respondeu Arte, inexpressivo.

— Bora brindar a isso, então. — Leo levantou o copo de cerveja. Ninguém o imitou. — Tim-tim, seu bando de cuzão.

No final da noite, Arte se ofereceu para levar Oliver para casa. Ele aceitou sem pensar duas vezes.

— Você quer entrar? — perguntou, por costume. O Plymouth 1960 estava estacionado na frente de sua casa e "Pity Poor Alfie" tocava como se fosse um prelúdio.

Arte apagou o cigarro e olhou para cada centímetro do rosto de Oliver, ganhando tempo.

— Tá.

A resposta foi seca, mas o rosto de Oliver se iluminou.

O carro desligou e a música cessou. Arte demorou um pouco dentro do Plymouth, mas logo os dois caminhavam juntos até o portão. Oliver sentia um frio na barriga repleto de nervosismo. Arte conheceria sua casa e ficariam sozinhos no seu quarto.

Como esperado, a casa estava vazia. Arte cantarolava alguma das músicas do The Jam enquanto dava uma boa olhada ao redor. Era uma casa pequena e simples, sem muita decoração. Sem muita personalidade. Fria, como se cada canto gritasse a ausência do pai de Oliver.

— Tua irmã não tá aqui? — Arte perguntou, depois de tirar os coturnos. Oliver negou. — Nem tua mãe?

— Elas foram viajar — explicou, tentando fingir que não estava ansioso — Foram pra Porto Alegre.

Arte assentiu e abriu um sorrisinho, como se achasse graça. Estavam parados logo depois da porta de entrada, e Oliver achava estranho ter algo tão bonito em sua casa. Arte tirava toda a simplicidade do lugar. Era o vermelho metido no meio de tanto cinza.

— Não vai me mostrar o teu quarto, moleque?

Oliver assentiu, e foi preciso engolir o nervosismo. Moveu-se de maneira desajeitada e Arte o seguiu. Ele sempre parecia o dono de qualquer lugar em que estivesse; seus passos nunca hesitavam.

A única exceção era a própria casa dele, mas Oliver não sabia disso.

Quando a porta do quarto foi aberta, Arthur foi o primeiro a entrar. Os olhos estavam curiosos e observaram cada cantinho do cômodo. Oliver era um garoto organizado e sempre arrumava a cama antes de sair. Não havia nada fora do lugar, até porque eram poucos os pertences dentro do quarto. Apenas um violão Silvertone velho, alguns livros e vários quadrinhos em cima de uma mesinha de estudos, um guarda-roupa pequeno, dois All Stars e um Bamba enfileirados perto da parede. Também tinha um estéreo simples ao lado da cama, com uma pilha de fitas ao lado, e vários pôsteres de banda e de super-heróis nas paredes.

Era o quarto de um adolescente comum, Arthur pensou. Oliver sempre foi comum. E era aquele tipo de comum que ele sentia que faltava em sua vida.

— É ok. Melhor do que eu esperava. — Arthur sabia que o garoto esperava por um veredito.

— O que você esperava?

Arthur deu de ombros e não respondeu.

— Então, tô aqui. Não queria me mostrar o álbum daquela banda nova?

Oliver coçou a nuca. Parecia não conseguir tirar os olhos de Arthur. Será que tê-lo em seu quarto era íntimo demais?

— Eu quebrei quando caí da bicicleta. Era o álbum do The Smiths. Acho que você teria gostado.

Arthur não conseguiu controlar a expressão e viu na hora que Oliver percebeu sua culpa.

— Que merda. — Arthur tateou os bolsos atrás do maço de cigarro, mas desistiu na metade do caminho. Ele se livrou da jaqueta de couro e sentou na cama. — Então coloca a fita que eu te dei.

Oliver apenas ligou o rádio. A fita já estava ali dentro, e Arthur se perguntou com que frequência ele a ouvia. "Bastard in Love", do Black Flag, começou a tocar enquanto os garotos se olhavam, sem tato nenhum.

— Eu... eu vou tomar uma ducha. Já volto — disse Oliver, parecendo nervoso.

Arthur deu de ombros, e o garoto abriu o armário, pegando algo limpo para vestir. De maneira desajeitada, Oliver tirou a camiseta e se aproximou da cama sob o olhar atento de Arthur.

— Preciso da sua ajuda. — Oliver estendeu um saco plástico para ele, que entendeu no mesmo instante.

Arthur sentou novamente e segurou o braço engessado. Ele não fazia o tipo delicado, mas havia muita leveza em seus movimentos. Envolveu o gesso com o saco plástico e amarrou as pontas no final. Ele sentiu o corpo de Oliver arrepiar por inteiro quando traçou o caminho dos seus ombros até o cós da calça.

— Precisa de ajuda no banho? — Tentou soar sério, mas sabia que havia um brilho insinuante brincando em seus olhos.

Nervoso, Oliver negou e saiu em direção ao banheiro. Arthur acompanhou com o olhar cada um de seus passos.

Sozinho no quarto, Arthur deitou na cama. Ao som de "Bring On The Dancing Horses", do Echo and the Bunnymen, passou a observar o teto. Só então notou que haviam estrelas coladas ali.

Daquelas que brilhavam no escuro. Acabou por sorrir diante do pensamento de que Oliver também dormia sob um céu estrelado.

No caso de Arthur, o céu em questão era o que conseguia ver de dentro do Plymouth 1960.

Pensou no que Oliver diria se soubesse que ele dormia no carro. No que ele diria se soubesse sobre sua mãe e, principalmente, sobre seu pai. Ainda assim, havia um desejo sorrateiro de falar sobre o irmão morto e sobre a culpa que carregaria para sempre.

Sentiu a necessidade de fumar. Talvez devesse ir embora. Oliver era importante demais para que fosse envolvido em tanta merda.

Antes que pudesse tomar qualquer decisão, Oliver entrou no quarto. Ele vestia somente uma bermuda, e Arthur desejou que não estivesse vestindo nada. Não havia nem penteado os cabelos molhados, que estavam jogados para trás. E pelo jeito como o corpo também estava molhado, ele não havia se dado ao trabalho de se enxugar direito. Ao menos havia tirado o saco plástico do gesso.

— Por que a pressa? — perguntou Arthur de forma zombeteira, brincando com o maço de cigarro nos dedos.

— Achei que você talvez tivesse ido embora.

— Eu não vou a lugar nenhum.

"I Just Want To Have Something To Do", dos Ramones, começou a tocar. Arthur se lembrou da audição de meses atrás, no auditório. Oliver parecia nervoso demais segurando uma guitarra pela primeira vez na vida. Mas os meses que haviam passado já pareciam uma eternidade, e Oliver estava diferente. Ele estava parado ao pé da cama, quase sem roupa. Arthur já tinha se esquecido dos cigarros.

—Tá esperando uma permissão pra deitar na própria cama, Park?

O garoto sorriu de um jeito tímido. Ele não fazia ideia do que aquilo causava em Arthur.

Oliver não hesitou um único segundo e se deitou ao seu lado. Ainda havia uma distância considerável entre eles, e Arthur desejou que Oliver tivesse uma cama de solteiro.

Ficaram em silêncio, ouvindo Ramones.

— Tu sempre fica sozinho em casa?

Oliver olhou para Arte. Ele parecia confortável demais em sua cama, com o mullet esparramado em seu travesseiro. Aquela visão foi o suficiente para causar um comichão logo abaixo do seu abdome.

— Sim, mas minha mãe quer que eu comece a trabalhar ano que vem.

— Tu já tem um trabalho. — Arte olhou em sua direção e sorriu torto. — Tocar na Skywalkers.

O coração bateu forte, e Oliver sabia que estava irreversivelmente apaixonado. Para o resto da vida.

— Arte — sussurrou, e havia urgência na voz —, não briga comigo.

Ele ergueu as sobrancelhas, sem entender. O sorriso estava congelado.

Oliver não deu tempo para que ele entendesse. Moveu-se depressa e tocou os cabelos vermelhos, segurando-o pela nuca. Beijou os lábios que ainda sorriam. O contato foi rápido, mas intenso. A sensação de ter a boca de Arte junto à sua, depois de tanto tempo, fez o coração de Oliver doer.

— Eu sei que a gente não faz mais isso, mas eu não ia aguentar mais um único dia sem te beijar, eu...

Arte riu. Os rostos estavam tão próximos que a risada fez cócegas em sua pele.

— Que susto, porra. Achei que você ia dizer que não queria mais tocar na banda.

O alívio fez com que Oliver risse, como se aquela fosse a melhor piada que já ouvira. Tinha esperado que Arte se levantasse e fosse embora depois de roubar aquele beijo. Sem conseguir evitar, foi tomado por uma esperança quase tímida.

— Nunca. — Conteve a vontade de beijá-lo outra vez. Não queria parecer desesperado, embora estivesse. — Eu só aprendi a tocar por sua causa. Pra te impressionar.

— Desde quando pensa em mim desse jeito?

— Desde o primeiro dia em que te vi — respondeu, sem um único rastro de vergonha. E ao contrário do que esperava, Arte não riu de sua confissão; não houve reflexo algum de deboche. Ele estava sério.

— Sabe que isso é errado, não é? Gostar de um cara.

— Parece certo com você.

Dessa vez, Arte riu. Parecia incrédulo, mas Oliver tremeu quando os dedos dele tocaram seus cabelos úmidos. Arte tinha mãos firmes, que nunca hesitavam. As respirações se cruzaram.

— Você não sabe onde tá se metendo.

De fato, Oliver não fazia ideia. Mas no momento, ele estava pronto para contestar aquilo quando Arte o beijou.

Oliver foi pego de surpresa e demorou alguns segundos para corresponder. A mão que segurava seus cabelos era firme, mas os lábios que se moviam contra os seus eram delicados. Arte não ousaria dizê-lo com palavras, mas, naquele beijo, Oliver entendeu que ele também havia sentido sua falta. Pela primeira vez, ele demonstrava urgência no toque que percorria seu torso desnudo. Desajeitado, Oliver tentou se colocar sobre Arte, mas o braço engessado dificultava tudo. Sentiu ele sorrir contra sua boca.

— Fica quieto, moleque. Teu braço ainda tá quebrado. — Arte o forçou contra o colchão da cama e se sentou sobre o quadril dele. — Deixa que eu cuido de você.

Oliver deixou.

"A Night Like This", do The Cure, estava tocando outra vez. No entanto, Oliver sentiu que agora se lembraria de coisas boas sempre que ouvisse essa música. Lembraria, principalmente, de como Arte estava bonito em seu colo, armado de um sorriso sacana, um mullet bagunçado e uma camiseta do The Clash colada no corpo. Fechou os olhos para que gravasse aquela visão para sempre na memória. Nunca esqueceria.

Arte percorreu seu torso com as mãos ásperas e apertou a cintura fina com propriedade. Foi questão de segundos até que se beijassem outra vez. Oliver entendeu o que aconteceria naquela noite pelo teor indecente do beijo. Tinha esperado tanto por aquele momento que sentiu um arrepio de expectativa.

— Era por isso que você não desistia de me chamar pra sua casa?

— Sim.

Não havia por que mentir.

— Gracinha — sussurrou ele contra sua pele.

O quarto estava quente de uma maneira insuportável, e Oliver parecia ferver de verdade sob os olhos selvagens. Pensou em como Arte deveria estar com calor e como desejava vê-lo sem camiseta. Parecia algo secreto. E tinha tantas coisas que Oliver gostaria de descobrir.

— Arte, eu quero ver a sua tatuagem — deixou escapar em um sussurro, antes que pudesse se conter.

Os dedos, que escorregavam para a barra da bermuda, pararam no caminho. Arte olhou em sua direção, como se aquele pedido fosse algo digno de longos segundos de ponderação. De repente, Oliver se deu conta do quão íntimo aquilo era, mesmo que não soubesse que seria o primeiro a ver a tatuagem de Arte.

Sem dizer nada, Arte voltou a sentar em suas pernas e as mãos desceram para a barra da camiseta desbotada do The Clash.

Seus olhos estavam em Oliver, mais intensos do que nunca. Em um movimento brusco, Arte se livrou da peça de roupa. Oliver tentou não olhar para as cicatrizes que marcavam o peito dele, porque sabia que isso o deixaria desconfortável. Arte não fazia o tipo musculoso, mas tinha o corpo mais bonito que Oliver já tinha visto. E sempre seria o seu favorito.

"Pity Poor Alfie" tocava no rádio. Oliver sentia o corpo inteiro queimar ao observar, pela primeira vez, Arte exposto daquela maneira, com a calça justa marcando as coxas. Percebeu, então, o quanto Arte confiava nele, e o coração doeu com a paixão que o acertou em cheio.

A mão tremeu com vontade de tocá-lo, mas, antes que tivesse a chance, Arte se moveu e deitou de bruços ao seu lado, o rosto apoiado nos braços para que pudesse olhar para Oliver. A tatuagem que cobria as costas largas estava exposta, desenhando cada centímetro de pele e terminando onde a barra do jeans começava.

Não queria perder um único detalhe. Oliver pegou os óculos remendados que estavam sobre o estéreo e, desajeitado, colocou-os no rosto. Arte tinha um dragão chinês tatuado nas costas. Não havia cores, apenas o preto contrastava com o tom da pele. Não conteve o desejo de contornar todo o desenho com a mão esquerda, sentindo na ponta dos dedos cada relevo das cicatrizes escondidas sob a tinta. Aquele gesto se tornou assustadoramente importante pelo modo como Arte tremeu. Sensível.

— Doeu?

— Não mais do que o motivo que me levou a fazer ela.

Oliver se arrependeu de trazer o assunto à tona. Afastou os dedos e observou o rosto de Arte. Havia algo secreto nos olhos dele. Apoiando-se na mão boa, debruçou-se sobre ele e selou a pele tatuada com os lábios. Sentiu como o corpo dele se arrepiou e moveu a boca até que estivesse beijando outra cicatriz, e então outra, e mais outra...

Percorreu todos os centímetros e cobriu cada pequena cicatriz até parar na lombar. Oliver queria que Arte estivesse sem roupas para que pudesse beijar todo o resto. A respiração de Arte soava pesada entre as quatro paredes.

— Ela combina com você — Oliver sussurrou, traçando a tatuagem com a ponta dos dedos mais uma vez. — Arte, deixa...

Não terminou a frase. Arte compreendeu e deitou com as costas no colchão. Oliver moveu a boca sobre o peito dele, encontrando uma cicatriz e a beijando com toda delicadeza que dispensaria a algo frágil e quebradiço. Arte apertou seu ombro, assegurando que não perdesse o equilíbrio. Oliver deslizou os lábios até outra cicatriz, e mais outra. Fez questão de cobrir cada centímetro de pele.

Arte arfava, o peito subindo e descendo. Oliver afastou o rosto para que pudesse olhá-lo, e o coração apertou ao vê-lo bagunçado de uma maneira que nunca havia visto antes. Era difícil conter o nó que apertava a garganta ao olhar para as cicatrizes no peito de Arte, as mais recentes destoando das outras. Era injusto que algo tão lindo quanto Arte estivesse tão ferido.

Naquela noite de 1986, Oliver beijou todas as cicatrizes de Arte. Queria que ele entendesse que o amava por completo, por cada perfeição e imperfeição. Por cada detalhe que o fazia ser quem era.

Deitou o rosto na barriga de Arte e, mesmo daquela maneira, Oliver era capaz de ouvir como o coração dele batia forte. Abraçava a cintura dele quase possessivamente com o braço esquerdo. O braço engessado permanecia inútil sobre o colchão, mas Arte segurou a ponta de seus dedos e deslizou o polegar por eles. A outra mão segurou seus cabelos cacheados. Para Oliver, aquele era o paraíso.

— Alfie — Arte sussurrou, e o apelido causou uma tempestade no peito de Oliver. — Às vezes eu acho que você não tem ideia do que é capaz de fazer comigo, porra...

— Então me mostra.

Arte mostrou.

Ele agarrou a sua mão esquerda e o guiou para tocá-lo. Oliver, então, se apressou em desafivelar o cinto dele, mas parecia algo impossível com um braço engessado. O outro garoto afastou sua mão e abriu a própria calça, puxando o cinto para tirá-lo, e ouviram um baque metálico quando ele o largou no chão. Oliver tentou tocá-lo outra vez, mas Arte o impediu.

— Vem aqui. — O pedido soou carregado. Foi a vez de Oliver deitar com as costas no colchão, com Arte entre suas pernas. — Eu disse que ia cuidar de você, não disse?

E ninguém nunca mais cuidaria de Oliver como Arte Becker havia cuidado naquela noite quente do verão de 1986. As peças de roupa se misturaram no chão do quarto e a pele de Arte parecia dourada sob a iluminação amarelada. Tudo nele era tão lindo que Oliver sentia a respiração falhar. As mãos que o tocavam eram firmes e ásperas, mas havia certo cuidado no jeito em que Arte o guiava e nos olhos atentos que pareciam buscar qualquer sinal de desconforto. "Por favor", Oliver suplicou em um sussurro e, entorpecido pelas sensações, pediu para que ele continuasse. Os cabelos vermelhos de Arte estavam grudados no pescoço quando Oliver o puxou para mais perto, os gemidos e suspiros se perdendo entre beijos conforme se moviam pela cama.

Os óculos grandes e remendados estavam tortos no rosto de Oliver e o braço engessado permanecia inerte sobre o colchão, mas os dedos se retorciam a cada movimento que Arte fazia contra seu corpo. As bochechas vibravam em vermelho, assim como os lábios que eram maltratados pelos dentes, e Arthur não conseguia tirar os olhos dele.

No final, Oliver descobriu que Arte ficava ainda mais bonito quando gozava. Havia algo notadamente sensual na maneira em que ele se entregava ao momento. E Oliver, estarrecido por aquela visão, pensou que Arte merecia ter a categoria "perfeição" do dicionário todinha dedicada apenas para si.

"Something", dos Beatles, estava tocando, e Oliver estava acolhido nos braços de Arte. Já tinha anoitecido quando o garoto mais velho acendeu outro cigarro.

— Esses cigarros ainda vão te matar — Oliver sussurrou, entorpecido.

Arthur deu uma tragada e olhou na direção de Oliver, exibindo um sorriso esperto que escondia certa melancolia.

Ele tinha certeza que sim.

PARTE IV

PRIMEIRA NEVE E ÚLTIMO SHOW

I'm at sea again
And now your hurricanes have
brought down this ocean rain
To bathe me again
My ship's a sail
Can you hear its tender frame
Screaming from beneath the waves

— "OCEAN RAIN"
ECHO AND THE BUNNYMEN

O céu explodiu em cores.

Era virada do ano, e os Skywalkers estavam amontoados no Plymouth 1960, com a capota abaixada para que pudessem assistir ao show de fogos que ocorria na praça da cidade. No rádio, "Pity Poor Alfie" tocava, e vez ou outra Arte roçava os dedos nos de Oliver e os dois compartilhavam olhares discretos. O clima foi cortado quando Leo estourou o espumante barato e começou a derramar a bebida em cima de todos enquanto sacudia a garrafa.

— Para com essa porra! — protestou Johnny, arrancando a garrafa das mãos de Leo. Ele estava com os cabelos encharcados de bebida e não parecia muito feliz com isso. — Olha a merda que você fez, Jorge.

Leo ainda estava rindo quando Johnny jogou espumante nele também.

— Vocês vão limpar essa porra do meu carro com a língua — avisou Arte, apontando um dedo para os dois.

— Feliz Ano-Novo pra vocês também — disse Dani, rindo de toda a cena, e depois se debruçou sobre o banco do carona para bagunçar os cabelos de Oliver.

Oliver acreditava que 1987 seria o ano perfeito.

Arte nunca mais rejeitou qualquer convite de Oliver, e o Plymouth 1960 não era mais estacionado em frente ao antigo cinema. Às vezes, ficavam apenas ouvindo música e compondo no quarto de Oliver e, depois de lerem dois ou três quadrinhos, trocavam alguns beijos e poucas palavras. Outras vezes, repetiam o que haviam feito naquela noite de verão.

Oliver aprendeu muitas coisas com Arte. Algumas eram boas, outras eram ótimas.

Antes do início das aulas de 1987, Oliver tirou o gesso do braço direito. Era estranho poder finalmente se mexer, sem restrições, depois de dois meses insuportáveis. Ainda era difícil tocar guitarra, e o garoto precisou fazer algumas semanas de fisioterapia, para fortalecer o braço. Mas era bom estar de volta à ativa na banda, mesmo que Johnny quase arrancasse os cabelos toda vez que Oliver não conseguia fazer acordes precisos.

Naquela época, Leo faltou alguns ensaios. Oliver foi o primeiro a ir até a casa dele para saber se estava tudo bem e, quando a Dona Hu atendeu à porta, soube que a ausência não fora por ele estar doente, como imaginaram. A senhora informou que Leo tinha abandonado a guitarra e estava focado no futuro, seja lá o que isso significasse. No dia seguinte, os Skywalkers estavam convocando uma reunião emergencial no gira-gira do parquinho quando Leo abriu a porta do auditório.

— Foi mal pelo atraso — foi tudo o que disse.

Johnny, que até então não tinha se demonstrado preocupado, quase voou na direção do melhor amigo para perguntar o que tinha acontecido. Dessa vez, sem a intenção de acertá-lo com a baqueta, para a surpresa de todos.

— Você sabe como é a minha mãe — respondeu Leo com tranquilidade e deu de ombros.

— Você fugiu? — perguntou Johnny.

— Não — respondeu Leo. — Só disse que ela não podia controlar a minha vida para sempre.

— E funcionou?

— Eu tô aqui, não tô? — O garoto abriu um sorriso, que logo azedou. — Ok, não funcionou. Eu fugi. Mas quem liga? Escrevi músicas novas.

Só então perceberam os joelhos ralados e a camiseta suada de Leo, que alardeavam uma fuga pela janela que quase deu errado. Não falaram nada e passaram a tarde trabalhando nas músicas do amigo. Aquele era todo o apoio de que Leo precisava.

Depois de um tempo, Oliver sentiu uma melhora significativa no braço e já conseguia tocar guitarra como antes. Algumas vezes, Arte ficava até perto do anoitecer na casa dele para que escrevessem músicas juntos.

Naquele dia, estavam sentados no chão do quarto trabalhando em um riff que Oliver havia composto em seu Silvertone velho. Arte cantarolava a letra da música que escrevera no caderno que pegou de cima de sua escrivaninha. Vez ou outra ele riscava algo na folha e fazia anotações.

— Acho que essa melodia se encaixaria mais em uma letra mais melancólica — Oliver sugeriu depois de ler o que Arte havia rabiscado. A letra falava sobre o desejo de fugir de uma cidade vazia e passava um sentimento de irritação. — Nesse trecho aqui, pelo menos. — Mostrou no violão. — Algo meio romântico, não sei.

Arte assentiu e pegou o caderno de volta. Os dedos tateavam a folha enquanto pensava. Então, ele se levantou do chão e acendeu um cigarro.

— "Cada esquina me devora" — Arte murmurou o início do segundo verso, e Oliver o observou se jogar na cama. Apenas a luz do abajur iluminava o cômodo, e quase não dava para ver as estrelas que brilhavam no escuro, mas Arte parecia observá-las. — "Me devora..." — ele repetiu, pensativo. — Risca essa merda pra mim.

Oliver puxou o caderno esquecido no chão e fez o que ele pediu. Arte tinha uma das mãos atrás da cabeça enquanto fumava e encarava o teto em silêncio. Oliver voltou a atenção para o violão e começou a dedilhar algumas notas soltas, tentando imaginar o solo.

— "O mundo lá fora cabe por inteiro" — Arte cantarolou na melodia e fez uma pausa para tragar, soltando a fumaça devagar. — "No céu do teu quarto."

Oliver ergueu os olhos para Arte e logo esqueceu das notas com as quais brincava. Viu-o se apoiar nas mãos e erguer o tronco do colchão, retribuindo seu olhar com certo humor. O cigarro estava preso na boca quando ela se curvou em um pequeno sorriso. O sorriso se estendeu um pouco mais quando Oliver deixou o violão de lado e se aproximou da cama, acomodando os joelhos ao redor das pernas de Arte.

— "Não vou embora, amor" — Arte continuou, dando um beijo na curva de seu pescoço, e sussurrou contra a pele: — "Posso sonhar alto, só hoje?" — Afastou o rosto para tragar o cigarro, então olhou para Oliver novamente. — Romântico o suficiente pra você?

— Não sei se encaixa na métrica — provocou, com o rosto em chamas, e Arte revirou os olhos. Mas ainda tinha um sorriso meio torto nos lábios.

— O que eu não sei é como esse teu violão ainda não se desmanchou — ele comentou, só para irritá-lo, enquanto encaixava a mão na cintura dele. — Essa merda deve ser mais velha que o meu carro.

Oliver riu e o empurrou de leve pelos ombros, obrigando-o a se deitar. Não tinha intenção alguma de se desfazer de seu primeiro violão.

Tinha valor sentimental.

Dani e Johnny faziam aniversário um dia depois do outro. Os dois decidiram comemorar juntos seus dezoito anos em uma festança na casa de Dani, e quase todos os adolescentes da cidade apareceram. Não tinha muita coisa para se fazer na cidade, então quando aquele tipo de festa acontecia, virava o ponto de encontro de todo mundo.

Os Skywalkers tocaram na festa, como faziam em quase todas, e até os pais de Dani ficaram para assistir antes de deixá-los sozinhos. Oliver não conseguia acreditar que eles realmente tinham deixado Dani fazer uma festa daquelas na casa deles.

Em 1987, Johnny estava obcecado pela banda Os Replicantes e insistiu que pelo menos incluíssem "Ele quer ser punk" na setlist. Como era aniversário dele, tocaram essa e mais algumas, mas focaram nas próprias músicas autorais. Àquela altura, a maioria das pessoas já sabia cantar as músicas deles. Era incrível ver o público cantando algo que você criou. Qualquer música parecia mais poderosa daquele jeito.

Aline apareceu depois que o show terminou, como sempre. Ela e Oliver ficaram conversando sobre a história da semana do Homem-Aranha e vez ou outra Arte acrescentava algum comentário, porque agora lia os quadrinhos também. Leo logo se aproximou deles e avisou que Johnny estava brigando com alguém na cozinha. Dani revirou os olhos e largou a garrafa de cerveja na mão do amigo para ir até lá.

Depois de um tempo, os dois voltaram. O baterista estava com a boca cortada e sem camiseta, porque ele sempre tirava a blusa quando ia brigar com alguém.

— Cara, me dá um Lucky — Johnny pediu para Arte, que acendia um cigarro.

Arte olhou para a mão estendida dele por um instante, então guardou o maço de Lucky Strike no bolso e começou a se afastar sem dizer uma única palavra. Dani abafou uma risada enquanto Johnny fazia um som de indignação.

— Nem no meu aniversário o cara me deixa filar um cigarro — Johnny reclamou enquanto Arte entrava na casa. — Me deixa aqui fumando meu Derby bagaceiro mesmo, espero que esse teu cigarro de playboy te mate. — Então, elevou o tom de voz para que Arte pudesse ouvir: — Vou lembrar disso no teu aniversário, seu fodido!

— Quando que ele faz aniversário? — Oliver perguntou. Há tempos queria sanar aquela dúvida.

— Acho que é em setembro. — Dani respondeu, encolhendo os ombros. — Ele nunca comemora, que nem a Lina.

Oliver tentaria descobrir a data, mas duvidava que Arte fosse contar. Leo se afastou do grupo quando sua namorada chegou à festa. Antônia era uma garota alta de pele negra e cabelo trançado, e Leo devia ser maluco por ela, porque havia até mesmo a apresentado para a banda. Os dois estavam juntos havia duas semanas, o que era um recorde para ele. Aline também sumiu por alguns minutos e, quando voltou, enfiou um maço de cigarro no peito do irmão.

— Nem fodendo! — Johnny abriu um sorriso enorme quando viu que era um Lucky Strike.

— Até parece que o Arte ia deixar você levar o maço inteiro — disse Dani, desconfiado.

— Essa aqui consegue bater qualquer carteira — falou Johnny, parecendo quase orgulhoso.

Oliver ficou conversando com os amigos por um tempo, até que Leo começou a ficar progressivamente mais bêbado, e ele decidiu que era uma boa ideia se afastar antes que o outro começasse a fazer uma cena. Trombou com Arte quando estava entrando na casa e por pouco não derrubou cerveja na camiseta dele de novo.

— Tava indo atrás de você — disse Arte, roubando o copo de sua mão e tomando um gole.

— Tava? — perguntou, soando mais ansioso do que gostaria.

Arte sorriu e segurou o braço dele, puxando-o para que o seguisse. Arte empurrou Oliver para dentro do banheiro e o beijou contra a porta. O som da música do lado de fora parecia muito distante enquanto ele sentia as mãos geladas de Arte entrarem por debaixo de sua camiseta. Segurou os cabelos dele pela nuca e os puxou de leve quando os beijos desceram para o seu pescoço. Arte pressionou o quadril contra o dele, e Oliver deixou um gemido escapar, abafado por mais um beijo.

Foram interrompidos por alguém esmurrando a porta. Quando Arte abriu, Leo o empurrou para o lado e correu para vomitar na privada. Se percebeu Oliver ali dentro, não comentou nada depois. Talvez estivesse bêbado demais para notar. No entanto, Antônia estava do lado de fora da porta e olhou para Oliver com um sorriso que logo escondeu atrás do copo de cerveja.

Arte só foi se dar conta dos cigarros roubados no final da noite. Ele soltou um palavrão quando Oliver contou que tinha sido Johnny — acobertando Aline, como sempre —, e sabia que ele não se esqueceria daquilo tão cedo. Provou estar certo quando, ao entrarem no Plymouth para irem embora, Arte de repente afundou o pé no acelerador.

Johnny caminhava no meio da rua, com o braço em cima dos ombros de uma loira. Ele estava muito bêbado, mas olhou para trás quando ouviu o ronco característico do motor e foi rápido ao pular para a calçada quando o Plymouth passou a mil. Só deu para ouvir o som do xingamento — "filho da puta!" — sendo deixado para trás e, quando Oliver olhou pelo retrovisor, viu a garota ajudando Johnny a levantar da calçada enquanto ele xingava alto o suficiente para acordar os vizinhos.

Quando olhou para Arte, ele estava rindo.

Era contagiante.

O outono de 1987 foi ótimo para os Skywalkers. Eles gravaram uma fita demo na garagem de Leo com as músicas que já tinham prontas e agendaram diversos shows naquela temporada. Levavam cópias para os shows e vendiam um número razoável no final de cada apresentação, principalmente quando tocavam na capital. Johnny entregou uma fita para a rádio local e enfim Phil Collins parou de tocar um pouco na Vigente FM.

Naquele final de semana, tinham uma apresentação agendada no festival de rock de Gramado. Oliver estava empolgado para conhecer a cidade. Antes do show, os Skywalkers passearam pelas ruas bonitas do lugar. A arquitetura passava a impressão de ser uma cidade de mentirinha, como se fosse uma maquete.

— É verdade que neva em Gramado? — perguntou Oliver.

— Às vezes neva, quando faz muito frio. Não é sempre — disse Dani. — Mais fácil nevar perto da fronteira com Santa Catarina.

— Já vi neve uma vez — comentou Leo. — Lá em Bruma do Sul.

— Sério? — perguntou Oliver.

— Sim, deu pra montar um boneco de neve e tudo.

— Eu me lembro desse dia — acrescentou Johnny. Então, sorriu amargo. — Teve guerra de neve lá em casa.

— Na minha também — disse Arte, tão baixinho que Oliver não teria ouvido se não estivesse do lado dele.

O festival de rock aconteceria no centro da cidade. Na apresentação, tocaram suas músicas autorais e mais uma vez tiveram uma resposta positiva do público. Tocaram também alguns covers, e Arte pareceu brilhar com sua performance de "Exagerado", do Cazuza. Quando chegaram à última música, Arte pegou o microfone e sorriu sob os holofotes.

— Quero dedicar a próxima para uma pessoa — disse para a multidão, mas seus olhos estavam em Oliver. — *The good life is out there, Alfie.*

Oliver congelou, e Leo começou os primeiros acordes de "Hand In Glove". Era uma daquelas músicas do álbum do The Smiths, o que havia quebrado no dia que caíra de bicicleta. Oliver nunca pensou que Arte fosse dedicar aquela música para ele. Se recuperou do choque e acompanhou Leo nos acordes. De repente, todos os Skywalkers olhavam para Oliver, e Leo, que estava mais perto, sorria esperto enquanto tocava. Foi quando Oliver percebeu.

Eles sabiam.

A surpresa o atingiu em cheio, junto com uma adrenalina confusa, e Oliver se sentiu nervoso por um breve momento. Então, Arte estava cantando e nada mais importava. Porque Arte estava olhando em sua direção, o público completamente esquecido no momento. Ele parecia tomado pelo fogo e queimava Oliver com aqueles olhos selvagens, a voz bonita fazendo tantas promessas versadas. Oliver se lembraria daquelas promessas com uma nostalgia dolorosa.

Foi naquela noite de outono, em um dos últimos shows dos Skywalkers, que Oliver foi tomado pela realização de que os primeiros amores doíam.

I will fight to the last breath, foram os versos cantados por Arte. Oliver acreditou.

Depois do show, eles seguiram para os carros. Daquela vez, o pai de Leo não havia liberado a Kombi, então estavam apenas com o Plymouth 1960 e a Brasilia de Leo. Empolgados e com os bolsos cheios do pagamento do festival, os garotos guardaram os instrumentos com dificuldade e seguiram caminho até o bar mais próximo. Arte e Oliver foram no Plymouth, os outros três na Brasilia.

A capota do Plymouth estava abaixada e o vento frio da noite bagunçava o mullet de Arte, que tinha a mão pousada na coxa de Oliver. Como de costume, a mesma fita do The Jam fazia ambos cantarem.

— Arte — Oliver chamou, finalmente tomando a iniciativa de colocar para fora o que estava martelando na sua cabeça. — Sobre a música...

Ele olhou em sua direção, e só então Oliver percebeu que ele não estava fumando. Arte sempre fumava quando dirigia.

— Depois falamos disso, gracinha.

Oliver aquiesceu e seguiram em silêncio. A Brasilia estacionou em frente a um barzinho de beira de estrada, que tinha um letreiro piscando "Porão dos Bastardos". Oliver pensou que aquele era um péssimo nome para um bar. Arte parou logo atrás dos outros e, com um sorrisinho enviesado, murmurou:

— Certeza que é a porra de uma espelunca.

Leo passou um braço por cima dos ombros de Arte e praticamente o arrastou até o bar. Oliver descobriu que bares de estrada tinham sua própria e única trilha sonora. A música era alta, assim como o som das mesas de bilhar e das risadas. Havia néon, chopeiras, alguns bêbados entediados e até uma jukebox. Muito diferente do Monco.

Arte, que caminhava à frente, olhou na direção de Oliver e sorriu. Ele sorriu de volta e tudo parecia bem. Sentaram a uma mesa fedendo a cerveja e esperaram uma das atendentes se aproximar. O que não demorou, apesar de o bar estar cheio.

— Cinco chopps, boneca — Leo fez o pedido, com um sorriso sacana.

A garota era bonita e sorriu também, parecendo desconcertada, mas de um jeito bom. Ela se afastou, e o guitarrista solo dedicou um olhar atento para as pernas expostas dela. Ele não estava mais com Antônia, o que Oliver achou uma pena. Ela era muito legal.

— Aposto dez pratas que eu consigo o telefone dela.

— Foda-se, Jorge Leonardo — disse Johnny, expressando o pensamento de todos os garotos da mesa. Já estavam mais do que acostumados com a prática de Leo de flertar com qualquer rabo de saia que cruzasse seu caminho.

— Essa merda de sertanejo não vai parar de tocar, não? — Arte xingou, brincando com o isqueiro. Ele arrastou a cadeira de plástico e se levantou. Os garotos observaram Becker enquanto ele ia até a jukebox. Então, todos os olhares caíram em Oliver. Ele sentiu que não era coisa boa quando percebeu o tipo de sorrisinho que os mais velhos exibiam.

— Desde quando tu tá de rolo com o Arte? — Johnny disparou, sem rodeios.

Oliver sentiu o rosto arder e ajeitou os óculos remendados no nariz. A garçonete surgiu no momento exato, carregando os cinco canecos de chopp em uma bandeja, que foram distribuídos entre os garotos. Ela logo foi atender outra mesa, e Leo fez questão de se despedir com uma piscadela. No segundo seguinte, os três já pediam para Oliver desembuchar.

— Nós somos só amigos — explicou, quase escondendo o rosto no caneco de chopp que levou até a boca.

Na verdade, Arte sempre dizia que eles eram apenas *colegas de banda*. E nada mais.

— Corta essa — Leo interveio depois de um gole generoso de cerveja. — Nunca vi o Arte dedicar uma música pra ninguém.

Oliver se viu em um beco sem saída.

— E-eu... Nós... — gaguejou, e as orelhas pegavam fogo. — É só uma troca de favores, ok? Nada especial.

Nada especial. Pelo menos para Arte. Já para Oliver, aquilo entre eles era tudo o que tinha.

Os garotos escancararam um sorriso satisfeito. Menos Dani, que olhava para Arte, lá do outro lado do bar, que aparentemente brigava com a jukebox.

— *Troca de favores* — repetiu Johnny, zombeteiro. — Um boquetinho amigo, tô certo?

Oliver se engasgou com o chopp. Ficou tão desconcertado que inventou qualquer desculpa para sair da mesa. Caminhou até a jukebox, ciente das risadas às suas costas.

— Arte — chamou, um tanto exasperado, quando parou ao lado de Becker. Ele parecia irritado, e olhou em sua direção com os olhos fervendo. Inesperadamente, Arte se desarmou em um sorriso. — E-eles...

— Vem cá — interrompeu Arte e o puxou de leve pelo pulso. Sem entender, Oliver observou Arte erguer o polegar e esfregá-lo em seus lábios sujos de espuma. — Parece que as cervejas já chegaram, então. O que tu tava dizendo?

Oliver ficou sem jeito, como sempre.

— Eles sabem. — Foi direto, antes que gaguejasse outra vez. — Sobre a gente.

Ao contrário do que esperava, Arte não demonstrou reação alguma. Apenas se voltou para a jukebox à procura de alguma música que o agradasse.

— É claro que eles sabem, tu é muito óbvio. — Olhou de relance para Oliver. — Se tu se preocupasse mais em tocar guitarra do que em ficar me olhando nos ensaios, talvez não errasse tanto e ainda teríamos um segredo.

— Desculpa. — Por algum motivo, ainda sentia que precisava se desculpar. Então, se lembrou de um detalhe: — Mas foi você quem dedicou uma música pra mim.

Arte deixou uma risada escapar.

— *Touché*. Se eu tivesse algum problema com eles descobrirem, teria ficado longe de você. — Deu de ombros. — Você sempre foi muito óbvio. Acha que nunca te notei de olho em mim nos corredores da escola?

O coração de Oliver deu um solavanco. Arte já tinha o notado antes mesmo que entrasse na banda. Aquilo era novidade. Ajeitou os óculos remendados no rosto e tentou mudar de assunto, já que aquele tópico o deixava mais desconfortável do que deveria.

— Qual o problema aí? — perguntou, apontando para a jukebox.

— Só tem música merda.

Oliver se aproximou da máquina, e seus braços se esbarraram.

— Tem essa do Don Henley.

Arte riu, deixando o ar escapar, e olhou em sua direção com as sobrancelhas erguidas. Estavam tão próximos que foi surpreendido mais uma vez com o quanto o Arte era bonito. Se perguntou se algum dia seus sentimentos perderiam toda aquela intensidade. Era muito inconveniente.

— Tá falando sério, Park?

— Eu gosto dessa música.

Arte deu de ombros e colocou duas moedas na jukebox, selecionando a música que Oliver tinha sugerido.

— Pronto. — Arte abriu seu característico sorriso sacana. Oliver era louco por aquele sorriso. — Agora você tem que dançar.

— Quê? — Os olhos se arregalaram debaixo dos óculos grandes.

— Eu paguei pela música, e você vai dançar pra mim, gracinha.

Era difícil saber quando Arte falava sério e quando estava brincando. Ele não era do tipo que fazia piadas. Naquela hora, não havia sorriso e ele o encarava sério, apoiado à jukebox. Sabia que Arte gostava de dançar, mas Oliver definitivamente não mandava bem. Ainda assim, trocou o peso do corpo para o pé direito. Então, repetiu o mesmo movimento. Aos poucos entrou no ritmo da música e parou quando Arte rompeu em uma risada espontânea, naquele tom grave e gostoso.

— Eu não tava falando sério — Desencostou-se da jukebox e tocou no queixo de Oliver. — Mas gostei de ver. Um dia te levo pra dançar.

A piscadela pegou Oliver desprevenido e ele ficou paralisado feito um bobo.

— Vem, Park. A cerveja vai esquentar.

Oliver foi vaiado quando Arte contou aos Skywalkers quem foi o responsável pela escolha da música. Ainda assim, sorriu enquanto brindavam o sucesso do show ao som de "The Boys of Summer", do Don Henley.

Parecia perfeito.

O Plymouth 1960 estava solitário na estrada naquela madrugada. Arte dirigia com um cigarro pendurado na boca, e Oliver, bêbado, estava quase adormecido no banco do carona. Os outros Skywalkers tinham se hospedado na pousada ao lado do bar porque haviam bebido demais, para variar. Oliver só não ficou para trás porque Arte, sempre controlado, o carregou. Em todo aquele tempo, Oliver nunca o havia visto bêbado ou chapado demais. Arte sabia quando parar. Na verdade, Arte parecia ser o único que não se soltava quando os Skywalkers saíam juntos.

— Ei. — Arte tocou o joelho de Oliver. — Pode deitar atrás, se quiser dormir.

— Não vou dormir. — Ajeitou-se de imediato, coçando os olhos por debaixo dos óculos. Conteve um bocejo, e Arte sorriu torto.

— Já que vai ficar acordado, abre o porta-luvas.

Sem entender, Oliver fez o que Arte pediu. Enfiou a mão no porta-luvas e sentiu algo na ponta dos dedos. Puxou para fora e olhou para a K7 que estava em sua mão.

Era o álbum do The Smiths.

— Você disse que queria escutar comigo. Então eu comprei a fita, já que... — Arte estava com as orelhas vermelhas. E Oliver estava nas nuvens. — Enfim. Tá aí a merda do álbum da banda nova que tu me encheu o saco pra ouvir.

O cigarro que Arte tinha nos dedos foi jogado pela janela. Ele apertou um botão no rádio e a fita do The Jam parou de tocar.

— Você consertou o rádio? — Oliver perguntou, surpreso.

Arte apenas assentiu. Não olhou em sua direção nenhuma vez, mas Oliver sabia que ele estava sem jeito.

— Coloca a fita.

Não precisou pedir duas vezes. As bochechas de Oliver chegavam a doer de tanto que ele sorria. Empurrou a fita para dentro do rádio e guardou a do The Jam no porta-luvas. "Reel Around the Fountain" começou a tocar e Oliver ainda não conseguia parar de sorrir.

— Arte...

— Escuta a música, Oliver.

Arte definitivamente estava nervoso, e isso só se tornou mais óbvio quando usou o seu primeiro nome. Oliver nunca achou o próprio nome muito especial ou bonito, mas parecia a coisa mais linda do mundo nos lábios de Arte.

Não trocaram nenhuma palavra até a faixa sete, "Hand In Glove". E estava tudo bem. Oliver aprendeu a dar valor ao silêncio depois de descobrir que havia gestos mais significativos do que palavras. Como a mão de Arte em sua coxa enquanto ele cantarolava junto com a música, vez ou outra olhando em sua direção, como se quisesse se assegurar de que tudo estava bem.

— Essa música... — Arte parecia pesar as palavras na ponta da língua. — Oliver, você fugiria comigo?

Aquela súbita franqueza expressa nos olhos dele machucou de um jeito tão inesperado que beirou ao absurdo. Pela segunda vez, Arte estava tocando em um tópico tão importante. E, pela segunda vez, Oliver estava bêbado. Arte provavelmente tirava proveito disso e resolvia se abrir quando Oliver mal era capaz de raciocinar com coerência. Era injusto.

— E-Eu... — Queria gritar que sim. Queria dizer que faria qualquer coisa para ficar com ele. *Qualquer coisa.*

— Tô brincando. — Arte sorriu. E aquele foi o sorriso mais triste que Oliver já vira até então. Piores estariam por vir. — Não tô falando sério, ok?

Ele voltou a cantar os últimos trechos da música. Ao ouvi-los, Oliver sentiu vontade de chorar. Ele sabia que, no fundo, Arte estava falando sério.

So stay on my arm, you little charmer
Então fique nos meus braços, gracinha
But I know my luck too well
Mas eu conheço minha sorte muito bem
And I'll probably never see you again
E provavelmente eu nunca mais verei você outra vez

Sophia se mudou para a faculdade um mês antes do aniversário de Oliver, porque a vaga dela só foi liberada no segundo semestre. Tarsila preparou um jantar, com direito a Coca-Cola, e não houve grandes despedidas. Prometeram que iriam visitá-la; não foram. Oliver disse que sentiria saudades; não sentiu. Sophia disse que iria escutá-lo quando ele tocasse com a banda na capital; nunca ouviu o irmão tocar uma música sequer.

Oliver fez dezessete anos naquele inverno, e eram apenas ele e a mãe dentro de uma casa que parecia cada vez mais oca. Tarsila fez um bolo e disse para ele convidar os amigos. Ele chamou Aline e os Skywalkers. Todos foram. Era estranho ouvir tantas risadas dentro daquelas paredes. A mãe os recebeu, ficou para cantar parabéns e logo se recolheu ao seu quarto.

Seus amigos fizeram uma vaquinha e o presentearam com um violão novo. Era um Di Giorgio 1981 em um tom de marrom quente. Oliver mal conseguia acreditar. Logo pediram para que ele o estreasse. Johnny puxou o telefone, porque ainda eram contra o sistema e se recusavam a comprar a porcaria de um afinador. Oliver tocou "Bilhetinho azul", do Barão Vermelho, e Arte cantou. Na televisão, o jogo do Internacional passava, por insistência de Leo.

Foi um aniversário perfeito.

No final do dia, Arte estava debruçado na janela do quarto de Oliver, nu depois de transarem. Ele olhava para o horizonte na expectativa de flagrar o nascer do sol, e a iluminação oblíqua destacava a tatuagem nas costas largas, contrastando com a pele que agora parecia dourada. Ele tinha um cigarro pendurado nos lábios, a intenção de tragá-lo parecendo esquecida, e a melancolia evidente nos olhos perdidos no céu. Ele estava tão bonito que Oliver não conseguiu conter o sentimento intenso que percorreu todo o seu corpo até se transformar em palavras inconsequentes.

— Arte... — A voz estava rouca e ele, enrolado nos lençóis, escondendo o corpo nu. — O que nós somos?

Arte tragou o cigarro, enfim. Levou exatos três segundos para que ele olhasse em sua direção — Oliver, nervoso, havia contado. Arte tinha os olhos mais sérios do que nunca, mas sorriu meio torto e sacana, como se para disfarçar o que quer que se passasse na cabeça dele.

— O que acha que a gente é? — perguntou, daquele jeito preguiçoso.

— Eu... — O arrependimento pesou no peito. Estava, mais uma vez, tocando em um tópico proibido. — Nós não fazemos coisas que amigos fazem, pensei que...

— Pensou o quê? Que agora somos namorados? — O tom era afiado e quase cruel, mas havia algo nos olhos que denunciava que ele não falava sério. Oliver havia aprendido a ler nas entrelinhas. Com Arte, tudo estava nas entrelinhas. O cigarro foi apagado no parapeito e ele soprou a fumaça, o sorriso desleixado fixo em um singelo curvar de lábios. — Você me fez uma promessa, Park. Ou esqueceu?

Oliver nunca esqueceria; já tinha quebrado a promessa antes mesmo de fazê-la. Mas Arte não precisava saber disso.

— Hoje faz um ano que você me beijou. — Decidiu ignorar a pergunta.

Arte desviou o olhar e, de um jeito estranho, pareceu culpado. Completamente sem jeito. Não disse nada por um tempo enquanto juntava as roupas no chão do quarto e as vestia.

— Um ano — repetiu, de costas para Oliver. Então, riu, deixando o ar escapar, soando melancólico. Oliver daria tudo para saber o que se passava na cabeça dele. — É inverno de novo.

— Sim — concordou, sem entender.

Arte se aproximou da cama e sentou na beirada do colchão. Os dedos que tocaram o rosto de Oliver estavam gelados. Quase não conseguiu respirar com o jeito que Arte o olhava. Atento, delicado.

Triste.

O sol já estava alto quando Arte foi embora para casa. Quando Oliver voltou para o quarto, viu que ele tinha esquecido a jaqueta de couro. No seu refúgio, a vestiu. Arte gostava de jaquetas grandes, que contrastavam com suas roupas justas. Ela ficou curta nos braços, mas Arte tinha os ombros mais largos que os dele. Não estava perfeito, mas, ao inspirar fundo e sentir aquela mistura de tabaco e perfume masculino, chegava bem perto de parecer.

Enfiou as mãos nos bolsos e sentiu algo nas pontas dos dedos. Era uma fita K7. Na etiqueta, estava: "*quando faltam palavras*". No verso da capa, um pequeno bilhete que dizia apenas "*Feliz aniversário, Alfie*" na letra caótica de Arte. Oliver sorriu.

Ele colocou a fita no estéreo e apertou o botão para ligar. "Baby, I Love You", dos Ramones, começou a tocar. Oliver colocou as mãos nos bolsos da jaqueta e encontrou mais um presente. Um maço de Lucky Strike.

Oliver colocou um cigarro entre os lábios, sem acendê-lo. Apenas para sentir o gosto na ponta da língua e lembrar dos beijos de Arte.

Era estranho ouvir qualquer música que não fosse do The Jam dentro do Plymouth 1960. Naquele momento, tocava uma mixtape com as músicas favoritas do Arte. Oliver estava no volante e já estava dirigindo um bocado melhor; só deixava o carro morrer uma ou duas vezes, no máximo. Arte estava ao seu lado, fumando um cigarro e supervisionando para que nada desse errado. Estavam um tanto quanto cansados depois de um ensaio longo. A festa junina de 1987 seria na semana seguinte, e os Skywalkers foram convidados outra vez pela escola para tocarem no evento.

— Que música é essa? — perguntou Oliver, ainda se acostumando com o fato de não conseguir prever quais músicas tocariam dentro do Plymouth.

— "Não sei".

— Ah.

— Não, o nome da música é "Não sei". É do disco novo do TNT. Não conhece?

— Não.

— Pelo jeito vou ter que gravar outra fita para você.

Para Oliver, era fácil demais sorrir quando estava com Arte.

— Vamos para a encosta — disse Arte, depois de uma longa tragada. Os óculos escuros estavam na pontinha do nariz e Arte estava muito bonito daquela maneira. Oliver queria ter uma máquina fotográfica para registrar aquele momento.

Estacionou o Plymouth 1960 na beira da encosta. Arte se ajeitou ao lado dele e passou o braço por cima de seus ombros. Ficaram em silêncio durante longos minutos, apenas desfrutando da companhia um do outro. Ainda não sabiam, mas isso faria uma falta dolorosa. Arte não estava fumando daquela vez e usou a mão livre para segurar a de Oliver.

— Arte — ele sussurrou, como se fosse um vício sentir aquele nome na ponta da língua.

Arte olhou em sua direção, por cima dos óculos escuros. A luz alaranjada do sol, despedindo-se timidamente, deixava a pele dele dourada. Oliver pensou no filme que tinham visto no cinema, em uma sessão reprise, alguns dias antes.

Permaneça dourado, Ponyboy, pensou, com pesar. O desejo de que fosse eterno machucava.

— Que foi?

— Eu queria... — Limpou a garganta, tentando fazer o mesmo com a nostalgia sem sentido. "Ocean Rain" começou a tocar no rádio, fazendo-o navegar naquela melancolia. — Arte, eu queria ser seu namorado.

Não houve resposta imediata. Esperava que ele fosse se afastar, como sempre fazia, mas Arte apenas respirou fundo, o olhar pesado preso ao pôr do sol.

— Você não sabe o que tá dizendo.

— Eu não ligo. Quero ficar com você. Eu... — Desviou o olhar e hesitou só por um instante. O suficiente para que fosse seguro falar o que precisava sem quebrar. — Eu não consegui cumprir a promessa.

Arte levou alguns instantes para responder, e Oliver já temia o pior.

— Lembra o que eu falei? Você é óbvio demais. — Ele deu um sorriso triste. — Sabe que não vai durar, não é?

Oliver concordou. O braço de Arte ainda estava sobre seus ombros, e era acolhedor e doloroso ao mesmo tempo. Arte parecia reunir coragem para falar alguma coisa. Seus lábios tremeram de leve.

— Eu vou embora, Oliver. No inverno. Talvez neste, ou no próximo. Talvez leve alguns anos. — Fez uma pausa. A voz carregava toda a dor do mundo. — Vou embora quando nevar outra vez. Vou pra bem longe, pra onde eu tiver que ir, não importa. Mas aqui não é meu lugar. Consegue entender?

Oliver assentiu.

— E mesmo assim quer seu meu namorado?

Oliver assentiu mais uma vez. Arte riu, um som pesado e descrente. Talvez ele estivesse chorando, mas Oliver não conseguia ter certeza por causa dos óculos escuros. Sua voz parecia embargada.

— Tudo bem — concedeu, enfim. — Eu vou ser seu namorado.

O sol estava quase se pondo, mas selou aquele momento entre eles. Os dedos de Arte tocaram o pescoço de Oliver, e ele o beijou. Foi lento, intenso e com um gosto de despedida. Mesmo assim, tornou-se uma das lembranças mais queridas de Oliver. Depois, Arte sussurrou os versos da música contra a pele do seu pescoço, acompanhando a melodia, como se estivesse segredando algo do fundo de seu coração. *And now my hurricanes have brought down this ocean rain.*

Tinham um prazo de validade, mas Oliver rezaria todas as noites para que não nevasse. Não naquele inverno, nem nos próximos. Seriam, eternamente, dourados.

22.

A cidade estava em festa. Na escola, havia diversas barraquinhas vendendo comida típica da região: quentão, pinhão, bolo de milho, maçã do amor etc. Um número enorme de moradores da cidadezinha se enfiaram na única escola pública de Bruma do Sul. Os Skywalkers, aproveitando as horas livres antes do show, percorriam o lugar para matar tempo. Cada um comprou uma maçã do amor e foram para o parquinho da escola, que estava borbulhando de crianças enlouquecidas. Mas claro que Leo e Johnny deram um jeito de expulsá-las do gira-gira.

— Ainda não acredito que a gente só vai tocar baladinha — reclamou Johnny.

— Tu queria o quê? Tocar punk? Até parece que iam deixar.

— Eu sei, Jorginho. Me deixa reclamar, porra.

Oliver não disse nada, porque adorava baladinhas. Era um cara que gostava de música no geral, apesar do bom e velho rock'n'roll ocupar um espaço generoso em seu coração.

— Eu não vou conseguir ficar sério quando a gente for tocar "Menina veneno" — acrescentou Dani.

— Ah, qual é, meu arranjo até que ficou bacana — rebateu Leo, orgulhoso.

Eles terminaram as maçãs do amor e saíram do parquinho, contra a vontade de Oliver, que só queria passar um tempo com os amigos. Arte estava segurando sua mão, mas a soltaria quando voltassem para dentro da escola. Os Skywalkers sabiam sobre eles, no entanto, seria um escândalo se a cidade inteira descobrisse.

Encontraram Aline no pátio e foram jogar pescaria. Arte se afastou para fumar, e Oliver se deu conta de que ele estava fumando mais do que o normal.

Oliver não sabia, mas Arthur fumava para que sempre se lembrasse do pai e não ousasse se deixar iludir por uma fagulha da possível sensação de ser feliz de verdade. Não naquela cidade.

Já estava quase na hora de começar o show quando os Skywalkers e Aline se enfiaram em uma cabine de fotos e tiraram uma sequência de fotos constrangedoras, mas que cada um guardou com carinho.

— Deixa o casalzinho fazer uma sessão romântica. — Johnny puxou o resto dos garotos para fora da cabine. — Só lembrem que a gente vai ver tudo o que fizerem aí dentro, então não façam nada que eu não faria.

Oliver ficou vermelho e Arte passou o braço por seu pescoço, puxando-o para perto. A cabine apitou, indicando que a sequência de fotos iniciaria. Na primeira, Oliver sorriu sem graça. Na segunda, Arte roubou seus óculos e quase o enforcou em um abraço de urso. No instante em que a terceira imagem foi capturada, Arte beijou sua bochecha. Gestos como aquele faziam o coração de Oliver doer.

Saíram da cabine e foram recebidos com assobios pelos outros garotos. Constranger Oliver era um prazer pessoal da banda. Então, seguiram para o ginásio, onde também acontecera o primeiro show em que Oliver tocou com os Skywalkers.

Era irônico que o último show fosse acontecer exatamente no mesmo lugar.

O ginásio estava vazio, e os garotos fizeram uma breve passagem de som. Depois, Arte o puxou até o armário onde ficavam guardados os materiais de Educação Física e o beijou até que sua boca ficasse dormente. *Para dar sorte,* é o que ele sempre dizia. Pensando nisso, Oliver o beijou um pouco mais. Para dar sorte.

Arte caminhou até o microfone e todos os olhares se voltaram para ele, como sempre. Daquela vez, ele tinha um brilho incomum, que chamava ainda mais a atenção. Talvez fosse porque estava exibindo um sorriso de verdade.

— Nós somos os Skywalkers.

Seria a última vez que ele diria aquilo.

Mais tarde, Oliver teve um vislumbre do futuro quando estavam tocando "Baby I'm Gonna Leave You", do Led Zeppelin. Arte expressava uma emoção tão pesada na voz que algo terrível, quase premonitório, implodiu em seu peito. Arte olhou para ele, e seus olhos, agora tão domados, pareciam se desculpar.

You made me happy every single day
Você me fez feliz todos os dias
But now I've got to go away
Mas agora eu preciso ir embora

No final do show, Oliver estava guardando a guitarra quando Dani se aproximou.

— Sabe que ele vai embora, não sabe?

Oliver não teve coragem de olhá-lo.

— Sim, eu sei.

Dani colocou a mão em seu ombro. Talvez houvesse notado a tristeza na voz do amigo. Havia uma cumplicidade muito sincera entre ele, Dani e Leo. Arte sempre dizia o quanto aquela cidade era pequena e vazia, mas, para os três, ela às vezes parecia grande demais. Grande o suficiente para intimidar. Então, Oliver sempre estava disposto a escutar Dani. Mas, daquela vez, não queria. Estava se esforçando muito para evitar pensar no assunto. Queria acreditar que nunca nevaria outra vez. Tinha esperança de que fosse verdade.

— Oliver, escuta — Dani sussurrou, como se quisesse se assegurar que ninguém mais ouviria. — Eu meio que já estive no teu lugar.

Buscou os olhos dele, enfim.

— Como assim?

Dani coçou a nuca, desconcertado. Oliver se sentiu subitamente ansioso.

— Arte e eu... Nós não chegamos a namorar nem nada sério assim, mas a gente costumava sair. Entende?

Lá estava o sentimento, até então desconhecido, de ciúmes. Oliver não conseguiu responder nada.

— Muito antes de você entrar na banda, ele tinha contado pra gente que iria embora. Nunca disse o motivo. — Oliver se perguntou se Dani tinha visto as cicatrizes de Arte, e aquilo só fez o sentimento crescer ainda mais. — Eu sabia que, mais cedo ou mais tarde, eu iria me apegar. Pra valer. Então, eu acabei com tudo. — Dani desviou o olhar. Foi quando Oliver percebeu que aquele era um tópico sensível para ele. Sentiu-se culpado. — Você devia fazer o mesmo, Oliver.

O garoto não respondeu. Dani resolveu deixá-lo sozinho.

Já era tarde demais. Estava tão apegado a Arte que, quando ele fosse embora, levaria seu coração junto.

Oliver acordou cedo. Eram férias de inverno, e ele pretendia dormir até ser despertado pelo sol do meio-dia. No entanto, por algum motivo, acordou muito antes do esperado. Estava bem frio e, quando ele olhou pela janela para descobrir se já amanhecera, deparou-se com uma imensidão desesperadamente branca.

A madrugada os havia presenteado com neve, e o amanhecer trouxe a despedida.

PARTE V

GUITARRA QUEBRADA E GAROTOS QUE AMAM

Em cada riso, em cada gesto seu
Vi em você meu abrigo
Agora agrido, só pra não lembrar
O que sobrou dos nossos sorrisos

— "DESABRIGADO"
BARÃO VERMELHO

VERÃO, 1995

Oliver estava morto. Ou quase.

Em determinado ponto do vício, ninguém fica vivo de verdade.

O dia estava quente e abafado, mas ele sentia tanto frio que parecia inverno. Ele odiava o inverno. Naquele dia, seu corpo tremia e a pele suava. A eterna sensação de enjoo era a única coisa que o fazia se sentir vivo. Oliver queria estar morto. Aquela era a oitava vez que tentava largar a heroína e a oitava crise de abstinência. Já não tinha força de vontade. Estava internado por causa da irmã, que finalmente havia lembrado que ainda tinha uma família. Era compreensível que alguém com uma carreira de tanto sucesso não quisesse se envolver com um viciado. Além disso, Oliver era uma lembrança forçada de tudo o que passaram com o pai.

Ele choramingou depois de vomitar a última refeição. Não tinha mais nada no estômago. Estava completamente vazio. Ainda assim, daria tudo por um pico.

Mais do que nunca, estava sozinho. A irmã nunca o visitou. O último namorado desistiu de vê-lo e tinha ido embora para sempre. A banda o expulsara depois da overdose. Não tinha ninguém.

Oliver, aos vinte e cinco anos, sabia que não viveria muito. Estava podre. Envenenado. Queria, ao menos, mais dois anos de vida. Não era pedir muito. Assim, colocaria a culpa na maldição dos vinte e sete.

Grandes músicos morriam aos vinte e sete anos.

1987-1996

A neve daquela manhã de agosto já tinha parado de cair, mas ainda estava um bocado frio. Sentado na varanda, onde a neve não havia alcançado, Oliver estava encolhido dentro do moletom. Esperou por Arte, com o maço de Lucky Strike protegido entre seus dedos. Sentiu-se tentado a fumar um cigarro, mas parecia errado. Seu olhar estava preso ao chão. Era a primeira vez que ele via neve, mas não se sentia nada animado com aquela novidade.

Oliver sabia que Arte viria.

Ele apareceu às dez horas da manhã. Vestia uma jaqueta de couro nova e estava com o nariz vermelho. Oliver achou que fosse por causa do frio. Hesitou antes de caminhar até o Plymouth 1960, com o coração tão apertado que não conseguia respirar. Arte fumava encostado no carro, fazendo o possível para que seus olhares não se esbarrassem.

— Lembra do inverno do ano passado? — perguntou quando o silêncio pareceu desesperador demais.

Oliver assentiu.

— Meu primeiro show com os Skywalkers. — A resposta saiu embargada.

Arte sorriu. Tão gelado e melancólico quanto o inverno.

— Também. — Tragou o cigarro e olhava para o horizonte, onde a imensidão branca se estendia. — Mas eu tava falando do nosso primeiro beijo.

Oliver não era capaz de responder. Se tentasse, começaria a chorar. Seu olhar caiu para o chão coberto de neve, e o aperto em sua garganta parecia sufocá-lo. Ergueu o olhar para Arte novamente quando percebeu a mixtape que ele havia estendido em sua direção. Seus dedos se esbarraram, tão gelados, quando a pegou. A caligrafia característica de Arte estava gravada na capa com caneta permanente: "Até o último acorde, Alfie."

Oliver não conseguiu evitar. Chorou ali mesmo, com o peito doendo tanto ao ponto de achar que morreria. Aproximou-se o suficiente para esconder o rosto na curva do pescoço do namorado e foi acolhido pelos braços que envolveram sua cintura pela última vez.

— Não vai embora — suplicou em um sussurro sincero.

— Não faz isso. — Arte mal conseguia falar, e precisou limpar a garganta antes de continuar. — Oliver, você sabia. Era nosso acordo.

Mas ele não estava ouvindo.

— Eu rezei para que nunca nevasse. Todas as noites. Eu prometi que nunca mais tocaria guitarra se não nevasse.

O coração de Arthur se despedaçou. Ele afastou Oliver para que pudesse olhar para ele, e a dor se tornou insuportavelmente sufocante.

— Não faz isso. Por favor. — Aquela foi a primeira vez que Oliver ouviu Arte implorar por alguma coisa. — Tá ouvindo? Eu não posso mais ficar aqui. Tenho que ir antes que o filho da puta me encontre. Eu só... não podia deixar minha mãe sozinha. Achei que ela fosse lembrar, mas eu tava errado. Ela vai ficar bem, eu não. Se eu ficar... ele vai acabar comigo, Oliver.

— Me leva junto — soluçou.

— Não. — Arte tentou ser ríspido, mas a voz falhou. — Não é simples assim. Você ainda é menor de idade, esqueceu? Não posso te levar comigo.

— Você também é — tentou argumentar, mas sabia que era um caso perdido.

— Só por mais alguns dias. Ninguém vai se importar comigo quando eu for.

— Eu vou.

Arte segurou o rosto dele com ambas as mãos.

— Tem que terminar a escola, moleque. Tem que pegar a porra do teu diploma e tirar uma foto com a tua família. Ouviu?

Oliver chorou. Era injusto amar uma pessoa a ponto de parecer impossível viver sem ela. Estava sendo obrigado a viver sem Arte e não tinha a quem culpar. Talvez culpasse a vida por ser tão filha da puta. Arte beijou sua testa com lábios trêmulos. Oliver não teve coragem de olhar para ele. Não saberia como reagir se o visse chorando pela primeira vez.

— Eu vou te amar pra sempre — Oliver segredou, do fundo do coração. Como um último suspiro. — Porra, você sabe que eu vou.

A inocência dele machucava Arthur mais do que os cigarros do pai.

— Não, não vai — disse Arte, rouco. — Vai amar alguém melhor.

— *Fica* — pediu Oliver uma última vez.

Houve um silêncio, durante o qual ele só era capaz de ouvir o próprio coração batendo forte. Por um segundo, achou que Arte ficaria. Não se importaria de parar de tocar guitarra se fosse para ficar com ele. Seria capaz de desistir de tudo.

— Vou te fazer uma promessa. — Nunca tinha ouvido aquele tom na voz de Arte. De repente, ele pareceu muito mais velho do que era. — Quando você se formar, eu vou ter um trabalho. Um trabalho decente. Aí venho te buscar. Mas vai ter que me esperar, ok?

Um ano. Oliver só teria que esperar um ano.

— Sim — respondeu, entorpecido. — Eu vou esperar, prometo.

Despediram-se com um beijo. Arte o abraçou tão forte que achou que quebraria. Oliver disse que o amava e esperou pela resposta que não viria. Arte abriu e fechou a boca várias vezes, em uma hesitação sem fim, e seu rosto parecia pegar fogo.

— Tchau, Alfie.

Ele entrou no Plymouth 1960 e chorou durante os primeiros quilômetros.

Uma separação temporária.

Arte cumpriu sua promessa.

Oliver não.

O primeiro cartão-postal chegou na semana seguinte à que Arte foi embora. A fotografia era simples e sem graça, de Nova Prata, uma cidade próxima. Não tinha assinatura, somente a caligrafia caótica que Oliver conhecia muito bem.

CARTÃO-POSTAL Nº 1

Alfie,
You'll never know how much
I love you
Never know how much I care...
P.S.: Já tá com saudades?

Rua Sete, nº 12
Bruma do Sul, RS
CEP 96357-812

"Pity Poor Alfie"

Oliver sentiu vontade de chorar. Aquela era a primeira vez que Arte dizia que o amava. Não diretamente, mas aquela música era especial. "Pity Poor Alfie" sempre seria especial. Principalmente aquele trecho. Conseguia se lembrar de Arte cantando The Jam dentro do Plymouth 1960, e o coração doeu de saudade.

Percebeu que o cartão-postal tinha cheiro de cigarro. Lucky Strike. O maço estava enfiado em seu bolso, como sempre. Queria que houvesse um endereço para o qual pudesse enviar uma carta dizendo o quanto sentia falta de Arte e daquele sorriso cínico. Dos olhos selvagens. Do cheiro de cigarro. Dos passeios no Plymouth 1960. De tudo. Não conseguiu escutar a última mixtape que Arte gravara. Quando tentou, não passou da primeira música, porque era "I Know It's Over", do The Smiths, e era mais fácil não tentar outra vez.

Naquele inverno de 1987, os Skywalkers quase se separaram. Afinal, não havia um vocalista. Ainda se reuniam na escola depois das aulas, mas era diferente. Diferente demais. Quatro era o número errado.

— O filho da puta foi embora sem nem se despedir da gente — Johnny comentou durante uma reunião no parquinho. Os quatro ficavam folgados no gira-gira, que tinha espaço o suficiente para mais um. Em algum momento, Aline ocupou aquele buraco.

— Acho que ia ser pior pra ele se ele tentasse. — Dani deu de ombros. — Eu posso cantar no lugar dele.

E deu certo durante um tempo. Depois, Oliver se juntou ao vocal. Foi assim que perdeu a vergonha de cantar. Eles se revezavam conforme a música; às vezes alguma ficava melhor na voz do baixista e, em outras, combinavam mais com o tom grave e áspero do guitarrista-base. Fizeram alguns shows, principalmente em bares, e tocavam bem. O cachê havia aumentado algumas boas dezenas. Ainda assim, Arte fazia muita falta. Para todo mundo.

27.

CARTÃO-POSTAL Nº 7

Alfie,
When you rock and roll with me
There is no one else I'd rather be
P.S.: Sonhei com você.

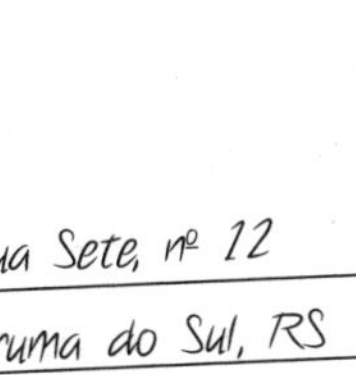

Rua Sete, nº 12
Bruma do Sul, RS
CEP 96357-812

"Rock'n'roll With Me"

Os cartões-postais continuaram a chegar, um por semana. Às vezes, não havia nada escrito e, mesmo assim, Oliver sabia que eram de Arte. Outras vezes, Arte escrevia letras de música e aqueles "*P.S.*". Ele sempre se expressou através da música. Para Oliver, era o suficiente. Por ora.

No final de 1987, Johnny e Dani se formaram. Oliver ainda estava preso na escola por mais um ano. Logo o ano terminou, e a virada para 1988 trouxe mais algumas despedidas. Dani entrou em uma faculdade em Erechim para cursar Administração, e Johnny passou em História graças à ajuda do baixista nos estudos. Na metade de fevereiro de 1988, os dois se preparavam para ir embora.

Comemoraram no Monco e, quando estava quase amanhecendo, se despediram na saída do bar.

— A gente se vê por aí, paulista. — Johnny se despediu com dois tapas nas costas de Oliver. — Fiquem de olho na Aline por mim — acrescentou, e logo foi puxado por Leo para um abraço de urso. — Me solta, porra!

— Vê se não morre — disse Leo, retribuindo o soco que o amigo lhe deu no ombro. — Cuida dessa praga, Dani.

— Vou tentar — respondeu Dani e bagunçou os cabelos de Oliver. — Continuem fazendo música, beleza?

Eles tentaram, mas duas guitarras não faziam um show.

Aquele foi o rompimento oficial dos Skywalkers.

CARTÃO-POSTAL Nº 12

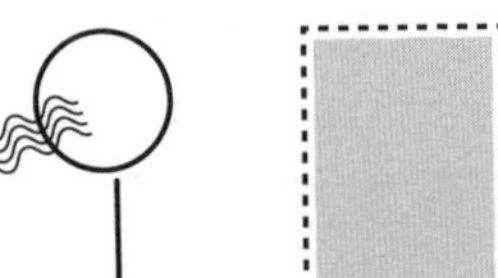

Alfie,
And try, baby, try
To trust in my love again
P.S.: Consegui um emprego.

Rua Sete, nº 12
Bruma do Sul, RS
CEP 96357-812

"Still Loving You"

Oliver pendurou alguns cartazes na escola e Leo os espalhou pela cidade. Marcaram uma audição, mas nenhum baterista apareceu. Durante o outono inteirinho do ano de 1988, não se apresentaram. Em alguns finais de semana, os dois se encontravam na garagem para jogar conversa fora e tocar um pouco de rock'n'roll. Mas não era a mesma coisa. Nunca mais seria.

Com a falta de shows, Oliver precisou arranjar um emprego para ajudar nas contas de casa e começou a trabalhar na única locadora da cidade. Não chegava perto das que tinham em São Paulo, mas foi uma época em que Oliver assistiu a muitos filmes. Todos os *Guerra nas estrelas*, *De volta para o futuro*, aqueles do John Hughes que só falavam de adolescentes brancos, *Footloose*, *Os Goonies*, *Máquina mortífera* — Leo se amarrava nesse — e muitos outros.

No começo de maio, Aline entrou na banda. Aos dezesseis anos, assumiu a bateria com o básico que tinha aprendido com o irmão e disse que tentaria melhorar. Oliver e Leo fizeram o possível para ajudá-la e, quando acreditaram estarem bons o suficiente, criaram a Codinome Pirata. Oliver assumiu o microfone junto com Aline. Leo se arriscou no baixo. Eles tocavam pós-punk e new wave e tentaram compor músicas novas, os três. Não se arriscavam a tocar nenhuma das músicas dos Skywalkers.

Às vezes Leo levava Oliver até alguma cidade próxima e passavam um tempo em bares, bebendo cerveja e tocando com alguma outra banda, só por diversão. Era fácil arranjar maconha ou pó em bares, e esse foi o primeiro contato de Oliver com as drogas. Lembrou da promessa que fez para a mãe, quase dois anos antes, e não se sentiu culpado. Estava puto demais com a vida para sentir qualquer coisa.

Estava puto até com Arte. Pensou que, em algum momento, ele ao menos viria visitá-lo. Mas isso não aconteceu. Sentia tantas saudades que às vezes escondia a foto que tiraram na cabine fotográfica para não sofrer tanto. Mas nunca por muito tempo, afinal, tinha medo de esquecer como o namorado era. Se é que ainda eram namorados. De vez em quando, Oliver se perguntava se Arte tinha arranjado outra pessoa, fosse lá onde estivesse.

Leo, agora seu melhor amigo, tentava confortá-lo.

— Talvez você devesse sair com outro cara — sempre dizia.

Não podia. Tinha feito uma promessa. No entanto, era difícil demais amar alguém que não estava presente. Ainda assim, se esforçava para se lembrar do que havia sentido no outono de 1984, quando viu Arte pela primeira vez.

Tá olhando o quê, moleque?

A sensação de amor à primeira vista era incrível.

Mas aquilo parecia fazer uma eternidade.

CARTÃO-POSTAL Nº 16

Alfie,
I'll say it anyway
Today is another day to find you
Shyin' away
Oh, I'll be comin' for your love, okay
P.S.: Acho que o Plymouth tá
sentindo sua falta.

Rua Sete, nº 12
Bruma do Sul, RS
CEP 96357-812

"Take on Me"

CARTÃO-POSTAL Nº 19

Alfie,

Eu já pensei em mandar
tudo pro espaço
Eu já pensei em mandar tudo
pro inferno
Mas não pensei que fosse tão difícil
Ficar sozinho numa noite de inverno
P.S.: Acho que eu também tô
sentindo sua falta.

Rua Sete, nº 12
Bruma do Sul, RS
CEP 96357-812

"Nossas vidas"

liver fez dezoito anos em junho de 1988.

Os cartões-postais pararam de chegar.

Oliver quase não conseguiu se formar no colégio. No último ano, estava tirando nota vermelha até mesmo em matemática. Já não se importava tanto com a escola. Meses se passaram sem um único cartão-postal de Arte. Talvez ele tivesse se esquecido, afinal. Oliver sabia que mais cedo ou mais tarde acabaria acontecendo. Ainda assim, doeu quando o momento chegou.

Com a ajuda de Leo e Aline, deu a volta por cima. Formou-se no final de 1988. Johnny e Dani compareceram à formatura e participaram da foto de família, junto com Tarsila e os amigos. Sophia disse que não conseguiria ir por causa da faculdade, mas Oliver sabia que aquilo era apenas uma desculpa. Alguém morreria antes de ela pisar naquela cidade outra vez.

Arte também não apareceu. Talvez pelo mesmo motivo.

Depois da cerimônia, Oliver foi comemorar com a antiga banda. Não estava completa, mas era perfeita à sua maneira.

— Quais são teus planos agora? — Dani perguntou, depois de brindarem com as cervejas.

Eles pareciam não ter mudado nada. Johnny tinha pintado os cabelos de vermelho e continuava com o sarcasmo de sempre na ponta da língua, mas parecia, de certa forma, menos puto com o mundo. Dani tinha abandonado o topete cheio de gel e agora exibia um black power orgulhoso. Leo continuava o mesmo cara de sempre.

— Nada, só esperar — respondeu Oliver, ajeitando os óculos grandes no rosto. Isso também não havia mudado. — Arte disse que eu podia morar com ele quando me formasse.

Os garotos se entreolharam. Leo deu de ombros.

— Tu ainda fala com ele? — Johnny perguntou.

— Não, mas ele prometeu — respondeu, com uma mágoa implícita.

Todos pareciam pensar a mesma coisa: que Arte provavelmente tinha esquecido a promessa. Mas Oliver não esquecera. Naquele exato instante, estava com o maço de Lucky Strike enfiado no bolso da jaqueta de couro que antes pertencia a Arte. Às vezes, sozinho no quarto, acendia um dos cigarros e tragava uma única vez. Só para lembrar dos beijos dele.

Naquela noite, encheu a cara como nunca tinha feito antes. Não usou o pó que tinha guardado dentro da carteira — seria vergonhoso se os amigos soubessem. Leo já tinha parado com aquele hábito e usava só maconha, mas Oliver achou difícil fazer o mesmo. Uma banda qualquer estava tocando no palco pequeno, e Johnny tinha convencido o dono a deixá-los subir. No estado em que estavam, conseguiram tocar apenas duas músicas.

Depois da apresentação, Oliver beijou um cara no banheiro. Era um desconhecido, e foi estranho. Só tinha beijado Arte na vida e, ao contrário do que esperava, aquilo só o deixou ainda mais triste.

No dia seguinte, Oliver acordou com uma ressaca dos infernos na cama de Leo. Ainda assim, correu para casa e olhou a caixinha do correio.

Nada.

Oliver ainda passava o tempo lendo quadrinhos no ferro-velho. Não era sempre, mas às vezes se escondia lá quando queria ficar sozinho. Naquela tarde, estava lendo uma edição antiga do Homem-Aranha quando Aline apareceu.

— O que você tá fazendo aqui? — perguntou quando ela sentou ao seu lado no sofá velho.

— Tu tinha dito que eu podia vir aqui ler contigo quando eu quisesse sair de casa.

Oliver assentiu, mas a verdade era que não queria que ela estivesse ali. Não naquele momento. Tinha acabado de cheirar e sabia que ela perceberia que estava chapado. Observou Aline abrir sua mochila sem se importar em pedir permissão e pegar outro quadrinho. Encarou o pirulito que ela estendeu em sua direção e riu, colocando-o no bolso.

Leram juntos em silêncio por algum tempo. Oliver não conseguia se concentrar por causa da energia e da ansiedade. Sentia que precisava quebrar alguma coisa.

— Queria que você conversasse mais comigo — disse a garota de repente, tirando-o do transe.

— Não tenho o que falar.

Aline respirou fundo. Já fazia algum tempo que não pintava o cabelo, e as raízes ruivas contrastavam com as pontas pretas.

— Não acho que o Arte tenha esquecido.

Oliver não queria falar sobre aquilo. Choraria se falasse sobre aquilo.

— Ele não me manda mais cartões-postais. Não liga, não dá notícias. — Esfregou o nariz por impulso. — Se não esqueceu, só não se importa mais.

— Talvez algo tenha acontecido.

Oliver deu de ombros. Precisava muito quebrar alguma coisa. Aline colocou a mão no joelho dele, fazendo com que parasse de quicar tanto a perna. Ele não tinha percebido que estava fazendo isso.

— A gente não precisa falar sobre isso se tu não quiser — disse ela. — Posso te contar uma coisa?

Oliver assentiu.

— Acho que tô gostando de alguém.

— É? — perguntou, interessado. Aline nunca compartilhava nada. Era a pessoa mais reservada que conhecia, depois de Arte.

— Aham.

Ela sorriu, afiada. Ficava mais bonita a cada dia.

— Eu conheço?

— Não — respondeu. Então, desviou o olhar. — Ela é da minha turma.

Oliver sorriu e passou o braço por cima dos ombros dela. Ficaram em silêncio daquele jeito por um tempo, até que Oliver não aguentou mais ficar parado.

— Quer quebrar alguma coisa?

Aline gargalhou. Juntos, quebraram uma dúzia de janelas de carros.

A mãe de Oliver morreu nos primeiros dias de janeiro de 1989. Aconteceu durante a madrugada, sem aviso algum. Foi encontrada tarde demais. Seu Geraldo disse que foi um aneurisma. Sophia, enfim, voltou para Bruma do Sul para organizar o velório e precisou fazer tudo sozinha. Oliver estava em choque. Fora ele quem a encontrara.

Os Skywalkers compareceram ao velório. Todos, menos Arte. Já fazia muitos meses desde o último cartão-postal.

Oliver não conseguiu ficar para o enterro e buscou refúgio em seu lugar favorito no mundo. Os caras o seguiram até o ferro-velho e ficaram por lá até anoitecer, quebrando garrafas e cerâmicas. Oliver chorou pela primeira vez desde que encontrara o corpo da mãe, e os amigos estavam lá para confortá-lo com um abraço. No caminho de casa, Leo tocou seu ombro.

— Eu vou embora — ele disse, baixinho. Aline, Dani e Johnny caminhavam mais à frente. — Cansei desse lugar. Quero ficar longe da minha mãe e do meu pai, quero voltar a tocar, quem sabe montar uma banda...

— Me leva junto — pediu Oliver, sem hesitar.

Ele não queria ficar sozinho. Não tinha mais ninguém.

— E o Arte? — perguntou Leo, com cautela.

— Ele esqueceu.

Não era verdade, mas Oliver não sabia disso. Estava revoltado e magoado demais para esperar. Se ficasse naquela casa, onde havia encontrado a mãe morta, enlouqueceria. Avisou para a irmã que moraria com um amigo, e ela pareceu aliviada. Se Sophia soubesse que Leo e ele arriscariam a sorte, talvez tivesse impedido. Ou não. Nunca se deram muito bem.

Oliver tinha um bom dinheiro guardado do trabalho na locadora e do que conseguira juntar do cachê dos shows. Acreditava que seria o suficiente até voltarem a ganhar dinheiro com uma banda. Leo tinha trabalhado em uma mecânica nos últimos dois anos e juntou uma grana para comprar um trailer usado.

Apesar de contarem tudo um para o outro, Oliver só foi saber da intenção de Leo de sair da cidade quando ele já tinha tudo planejado. Perguntou o motivo em uma das tardes em que matavam tempo na garagem dele tocando.

— Sou brasileiro, nasci nessa merda de cidade. Meu nome é brasileiro — Leo explicou, dando de ombros. — Mas, pra eles, a gente continua sendo estrangeiro, né? Cê sabe. É cansativo.

Oliver assentiu; ele sabia. Não suportava a ideia de ficar naquela cidade sozinho, sem alguém que o entendesse. Dani já havia escapado de lá, não podia ficar sem Leo também.

— Dani disse que as coisas em Erechim não estão muito melhores pra ele — continuou Leo, dedilhando a guitarra. — Mas sei lá, acho que qualquer lugar deve ser melhor do que aqui. E eu quero ser músico, cara. Aqui não vou conseguir, ainda mais com meus pais reclamando o tempo todo que tô jogando minha vida no lixo.

Quase no final do verão, em março de 1989, os dois se despediram de Aline.

— Certeza que não quer ir com a gente? — perguntou Oliver. Leo estava terminando de dar uma geral no trailer antes de caírem na estrada.

Aline hesitou por um momento, parecendo nervosa. O olhar dela foi para o chão enquanto ela tentava encontrar um jeito de se expressar.

— Se eu for embora agora, eles vão pegar meu pai — disse, baixinho. Ela segurava nos braços a coleção de quadrinhos do Homem-Aranha que Oliver dera para ela e as apertou um pouco contra o peito. — O Jonas e o Lucas. Eles só não fazem nada porque eu cuido dele.

Oliver assentiu. Pediu que ela anotasse o telefone da casa dela em um pedaço de papel, que guardou na carteira, e prometeu que ligaria de vez em quando para saber como ela estava.

— Se qualquer coisa acontecer, procura o Monco — Oliver avisou. — Tá? Ele sabe como encontrar o Johnny.

— Vou ficar bem, Oli. — Ela revirou os olhos. Então, passou a pilha de quadrinhos para um dos braços enquanto tateava o bolso da jaqueta jeans velha. Estendeu um pirulito de coração para ele, o que o fez sorrir. — É melhor que tu esteja famoso na próxima vez que eu te ver.

Era noite quando colocaram o trailer na estrada. Antes de partir, Oliver olhou a caixinha do correio uma última vez. Nada. Foi embora com um coração partido e repleto de mágoas. Ainda amava Arte, mas ele tinha esquecido da promessa, e Oliver teria de fazer o mesmo. No entanto, dentro da mala, levava as fotos que tirara com Arte na cabine fotográfica, junto ao maço de Lucky Strike.

Foi embora sem olhar para trás.

A primeira carta de Arte chegou no inverno de 1989.

Oliver só a leria anos depois.

A verdade é que sempre havia alguma banda precisando de guitarrista. Em 1992, Oliver estava em Curitiba, vivendo a vida que sempre quis. Tocava em uma banda punk chamada Five Mice. Nunca seria melhor do que tocar com os Skywalkers, mas o cachê era bom o bastante para viver com um pouco de luxo. Dividia um apartamento com os caras da banda e gastava o resto do dinheiro em heroína. Achava que tinha tudo sob controle, mas essa ilusão durou pouco tempo.

Aos vinte e dois anos, raramente pensava em Arte. Quando se lembrava, era com uma nostalgia dolorosa. Às vezes, sonhava com aqueles olhos selvagens e com o Plymouth 1960. Outras vezes, escutava The Jam e pulava a faixa “Pity Poor Alfie”, porque ainda doía. Oliver preferia não se lembrar de Arte. A sensação de algo inacabado incomodava demais.

Nunca mais se apaixonou da forma como havia se apaixonado em 1984. Talvez fosse a falta de inocência. Em 1992, namorava o vocalista da Five Mice, mas não era apaixonado por ele. A conversa era boa e o sexo, melhor ainda. Talvez tivesse uma queda por vocalistas.

Naquela época, Oliver sempre se atrasava para os ensaios. Se atrasar era normal para quem se drogava assim. Às vezes, dormia tanto que não notava a passagem do tempo. Depois de um tempo, Oliver parou de aparecer nos ensaios. Aquele foi o terceiro indício de que precisava de ajuda.

O primeiro foi quando ainda tocava com Leo. Viviam na estrada, procurando lugares onde pudessem se apresentar. Normalmente tocavam em bares de beira de estrada e até entraram em uma banda. Les Jugs, era o nome. Não durou muito.

O dinheiro era escasso e precisavam dividir a cama no trailer. Era uma vida boa, apesar das dificuldades. Leo nunca trouxe uma garota para o trailer e Oliver também não levou nenhum cara. Eram acordos silenciosos necessários para manter uma convivência minimamente decente. Às vezes, as madrugadas podiam ser muito solitárias, então trocavam favores. Apenas sexo. Rude, seco e superficial. No dia seguinte, não falavam sobre o que aconteceu. Outro acordo para uma convivência decente.

Naquela época, Oliver se lembrava muito de Arte. Doía para caramba, e em muitas noites ele chorava até dormir. De vez em quando, sonhava com a mãe. Revivia o momento em que a encontrara morta e tinha pesadelos com aquela casa. Fazia o possível para esquecer, e a cocaína — só conheceria a heroína anos depois — fazia a dor sumir. Leo não concordava com aquele hábito.

— Você tem que largar essa merda, cara. Isso tá fora de controle! — ele gritava, sacudindo seus ombros como se tentasse despertá-lo de um transe. Oliver estava chapado demais para responder. — Você precisa de ajuda.

Em 1990, Oliver tentou parar de usar. Leo, seu melhor amigo, ajudou-o em todas as etapas da abstinência. Durante um tempo, deu certo, e ele de fato se sentiu melhor. As coisas voltaram a desandar quando os dois seguiram caminhos diferentes. Leo decidiu que queria fazer faculdade de Música e convenceu Oliver a fazer o mesmo, mas para isso ele precisou pedir dinheiro para a irmã. Ela negou, dizendo que ele precisava desistir daquele sonho e buscar um emprego de verdade. No fim, Oliver acabou ficando sozinho outra vez. Não conseguiu passar em nenhum vestibular.

Ele voltou a cheirar e passou a frequentar bares da cidade onde as bandas sempre colocavam algum aviso no mural, recrutando músicos. Oliver tocou com diversos grupos. Five Mice, Les Jugs, Anacrônicos, S.H.A.R.P., Jim Wonder, Lizardsica, The Pub Panic, e várias outras com nomes estúpidos.

Mas a Skywalkers sempre seria a sua preferida.

VERÃO, 1997

Já fazia dois anos que Oliver estava órfão de banda. A última havia sido em 1995, e até ficara popular. Foi quando teve o último namorado, também. Acabou desistindo do amor, já não acreditava mais nele. Lembrava pouco de Diego, mas ele era o vocalista da banda, claro. Tocavam metal e lançaram um disco, que teve uma venda razoável. Faziam shows com frequência em Floripa e o cachê era muito bom. Oliver ainda era reconhecido nas ruas por fãs que lamentavam a sua saída da banda. Se soubessem da história real, talvez o desprezassem.

Ainda guardava marcas das vezes que se drogara. Nos braços, pernas e até nos pés, quando mentia para a banda que estava sóbrio e sabia que ninguém descobriria se injetasse ali. Mas é claro que eles sabiam. Sabiam quem roubava o dinheiro da carteira deles e também sabiam por que alguns itens de valor sumiam do apartamento. Se Oliver tivesse sido sincero, talvez eles o ajudassem, e não teria tido a overdose que o levou a ser expulso da banda e que quase o matou.

Foi nessa experiência de quase morte que Oliver se lembrou do pai. E lamentou. Também se lembrou da promessa que fizera para a mãe. Lamentou tanto que mal suportou a dor. Sentia ter perdido algo importante. Já não sabia mais o que era.

Aquela foi a primeira vez que não tentou fugir da clínica e foi a primeira vez que tentou se recuperar de verdade. Não foi fácil. Tinha emagrecido trinta e cinco quilos e carregava mais cicatrizes do que podia contar. Às vezes, torcia para que a abstinência o matasse, para que se afogasse no próprio vômito, para que cedesse e se picasse uma última vez, o suficiente para ter outra overdose. Era fácil ceder, sabia onde conseguir a droga e, porra, sentia muita falta. Algumas vezes chorava, desesperado para usar. Era patético. Oliver só queria que acabasse.

Mas não queria acabar como o pai.

Recebeu a visita de uma amizade antiga em uma das vezes que ficou internado, antes da overdose. Achava que tinha sido no ano de 1993. Lembrava-se vagamente do rosto de Aline.

Oliver, por causa do vício, não tinha muitas lembranças daqueles anos. Era tudo embaralhado. Mas achava que, naquele dia, Aline tinha chorado.

Ele nunca recebia visitas quando estava internado. Então, foi uma surpresa quando um dos enfermeiros o levou até o saguão de visitas. Uma moça pequena e ruiva estava sentada junto à mesa de plástico. Oliver achava que a conhecia, mas não tinha certeza. Ela estava falando e ele demorou para perceber.

— O que você disse? — Oliver perguntou, porque não estava prestando atenção no que ela falava. Estava com uma enxaqueca que não o deixava pensar com clareza e o corpo inteiro doía. Fazia duas semanas que estava sem heroína, e não conseguia dormir desde então. — De onde eu te conheço?

— De Bruma do Sul — ela respondeu com o rosto franzido. Os cabelos ruivos estavam curtos. — Irmã do Johnny, lembra?

— Lina — Oliver disse, e isso arrancou um sorriso dela. — Seu cabelo tá diferente.

Naquela época, Oliver não conseguia sustentar o olhar de ninguém por muito tempo. Ainda mais quando estava tentando não usar. Sem a droga, a vergonha era um peso enorme em seus ombros. Enquanto Aline falava sobre a vida dela, fechou os olhos por um instante, mas não prestava atenção. A ansiedade também era um peso enorme e constante.

Abriu os olhos outra vez quando Aline segurou sua mão por cima do tampo da mesa. Ela colocou alguma coisa em sua palma, e ele trouxe o objeto para perto para ver o que era. Era um pirulito vermelho de coração.

— Não tenho nenhuma revista em quadrinho aqui — Oliver disse.

Foi aí que Aline começou a chorar. Oliver desejou que ela parasse, porque sua cabeça doía. Ele guardou o pirulito no bolso, mas se sentia nauseado a maior parte do tempo e provavelmente não o comeria. Talvez fizesse uma troca com outro paciente por algum remédio que o deixasse chapado o suficiente para esquecer o desconforto, mesmo que por pouco tempo. Aline segurou suas mãos outra vez e disse que sentia saudades. Oliver não se lembrava do que havia respondido a ela. Talvez não tivesse respondido nada. Achava que tinha pedido dinheiro para ela, o que apenas fez Aline chorar mais.

Lembrava vagamente de ter perguntado de Johnny.

— Ele veio te visitar na semana passada — ela disse. — Leo e Dani também. Viajaram até aqui pra isso. Você roubou a carteira do Johnny.

Oliver lembrava de ter rido quando ouviu isso. Só foi sentir vergonha anos depois.

Aline entregou o telefone dela escrito em um pedaço de papel. Disse para ligar caso precisasse de alguma coisa.

Oliver usou aquele papel para bolar um baseado quando fugiu da clínica, semanas mais tarde. Já tinha se esquecido da visita.

Mas agora, quatro anos depois, ele estava ficando limpo.

Oliver ia ficar bem.

Era uma noite insuportavelmente quente quando Oliver comemorou seu primeiro ano de sobriedade. Morava em Porto Alegre e tinha acabado de sair da reunião de dependentes químicos que frequentava, regularmente, duas vezes por semana. Carregava no bolso a medalhinha de bronze para marcar aquele primeiro ano. Ainda sentia vontade de usar e às vezes não conseguia dormir à noite, a boca seca e as mãos tremendo devido à ânsia por um pico, *só um pouquinho*. Nessas horas, costumava ligar para uma garota, que também frequentava o grupo de dependentes químicos e carregava seis medalhinhas de comemoração, e ela nunca hesitava em visitá-lo.

Luna era uma garota cheia de energia. Tinha vinte e cinco anos e tantas cicatrizes quanto Oliver. Estava sempre sorrindo e era boa em contar piadas, tornando engraçadas até mesmo as mais sem graça. Era fã de Spice Girls e Madonna e tentava convencer Oliver a ouvir as divas do pop. Passavam madrugadas ouvindo música.

Luna, assim como Oliver, não tinha contato com a família. Ela era uma boa companhia e sempre dava um jeito de distraí-lo. Foi a primeira amizade de Oliver depois de tantos anos. Não durou muito, porque ela voltou a usar e morreu de overdose antes do verão de 1997.

Oliver esperava sua hora chegar. De vez em quando tinha crises de ansiedade e coçava o braço favorito de picar até que ele sangrasse. Começou a correr. Quando a vontade de usar surgia, Oliver corria pelo bairro até cansar. E funcionou, por um tempo. Quase se injetou no início daquele verão, chegou a comprar o kit, mas pensou no pai. Pensou em como gostava de ouvi-lo tocar violão, pensou no corpo morto da mãe que encontrou na cama, pensou no garoto que um dia tinha sido.

Quebrou o kit e depois o jogou no forno.

Oliver colecionava pequenas vitórias. Aquela medalhinha de bronze significava muito.

Certa noite, estacionou o seu Santana 1988 na frente de um bar popular da capital. Não pretendia beber. Muitos dependentes trocavam o vício de químicos por álcool. O que chamou sua atenção foi o cartaz colado à porta do bar: "Contrata-se guitarrista-base." A audição era naquele dia e, pelo horário indicado, estava quase no fim.

Sorte a minha, pensou Oliver, com o resquício de inocência que ainda tinha. Precisava de dinheiro e não conseguia vaga em banda alguma. Também não arrumava outros trabalhos. Sabia que sua vida estava estampada na cara e ninguém queria dar espaço para um viciado.

Oliver torceu para que aquela fosse sua chance. A guitarra estava guardada na república onde morava, mas tinha certeza de que a banda deveria ter alguma disponível na hora. Tocou o interfone e aguardou.

— *Sim?* — uma voz soou pelo alto-falante.

— Eu vi o cartaz. Sou guitarrista-base e...

— *A audição já terminou* — a voz o cortou, impaciente.

— No cartaz dizia que só termina daqui a cinco minutos — insistiu. — Qual é, me deixa tocar... Só preciso de cinco minutos.

Não queria parecer desesperado, mas, porra, ele estava. Já estava com o aluguel atrasado fazia dois meses, a luz tinha sido cortada, e mal tinha dinheiro para comprar comida.

Houve um silêncio do outro lado do interfone, até que ouviu o zumbido mecânico da porta sendo destrancada. Talvez aquele fosse seu dia de sorte. Oliver passou as mãos pelos cabelos, agora tingidos de um vermelho intenso, e entrou no bar. As luzes estavam apagadas, e ele precisou caminhar quase às cegas até os fundos do estabelecimento, onde conseguia ouvir algumas vozes conversando e um som abafado de música.

Foi quando o viu.

Becker.

Arthur Becker.

Ele estava igual e, ainda assim, completamente diferente. Levou menos de um segundo para reconhecê-lo. Os cabelos não eram mais vermelhos e o mullet havia ficado no passado, junto com a aparência de rebelde. Nos raros momentos em que Oliver relembrava o passado, a imagem de Becker esteve sempre congelada. Um eterno adolescente. Foi com uma surpresa amarga que notou que Becker agora era, de fato, um homem adulto. Os cabelos eram pretos e estavam curtos na nuca. Percebeu, com uma sensação estranha, que ele ainda gostava de usar roupas justas. A calça jeans preta e a camiseta dos Ramones deixavam pouco para a imaginação. Não que Oliver precisasse imaginar, porque se lembrava.

Foi arrebatado pelas lembranças que havia enterrado bem fundo. A primeira vez que viu Becker, no outono de 1984. Ele usava uma camiseta dos Ramones — a ironia tinha um gosto ácido. O primeiro beijo, no inverno, ao som de "Pity Poor Alfie". O primeiro encontro no cinema, que Becker negou ser um encontro, mas Oliver nunca havia acreditado naquilo. A primeira transa, de braço quebrado. O pôr do sol no Plymouth 1960.

A nostalgia o atingiu com força e arrepiou sua pele. De repente, sentia muito frio. No corpo inteiro. Tremeu, como se estivesse tendo mais uma maldita crise de abstinência. Talvez estivesse mesmo.

A banda enfim notou sua presença. Becker também. Quando seus olhares se cruzaram, Oliver prendeu a respiração. Foi como um soco no estômago. Doía demais. Depois de dez anos, ver aqueles olhos doía demais. Nunca esteve tão exposto. Percebeu que foram necessários exatos cinco segundos para Becker reconhecê-lo. Talvez fosse a ausência dos óculos grandes tão característicos, já que Oliver agora usava lentes. Ou talvez fosse o fato de Becker também ter guardado uma imagem adolescente sua e também não fosse capaz de acreditar no homem adulto que via à sua frente.

— Cadê a tua guitarra? — indagou um cara com uma camiseta do Green Day, a mesma voz com quem falara no interfone.

Oliver já nem lembrava por que estava ali. Seus olhos continuaram em Becker, descrentes, e seu coração batia tão forte que não conseguia ouvir mais nada.

— Tu tá chapado, cara? — outro perguntou. Dessa vez, ouviu com clareza e olhou para o homem, que mais parecia um adolescente de quinze anos.

— Não — rosnou, como se a acusação ofendesse.

— Se não trouxe guitarra, pode cair fora.

— Deixa ele tocar — Becker interveio. Com o mesmo tom preguiçoso, porém firme, de quem sempre estava no comando da situação. Oliver nunca pensou que ouviria aquela voz outra vez. Aquela maldita voz, que sussurrava "Pity Poor Alfie" ao pé de seu ouvido e o deixava sem chão. Exatamente como estava naquele momento.

Olhou para Becker, que vinha na sua direção. Somente naquele momento Oliver percebeu que ele usava uma bengala. Não soube o que fazer com aquela informação. Não conseguia nem ao menos se mover. Sentia que estava em um daqueles sonhos em que não há nada de natural nos movimentos do próprio corpo. Becker estendeu a guitarra para ele e, com o mesmo sorriso de 1984, disse:

— Mostra o que sabe fazer.

Oliver sentiu a mesma euforia nervosa, com uma pontada de nostalgia. Tinha dezesseis anos outra vez e estava dentro do auditório, em sua primeira audição. Com movimentos mecânicos, conectou a guitarra no amplificador e tentou um *mi*, *ré* e *lá*, os primeiros acordes do rock'n'roll. Então, sem nem pensar, emendou em "I Just Want To Have Something To Do", dos Ramones. A primeira música que aprendeu a tocar na vida.

A música que aprendeu a tocar para impressionar Becker.

Não teve coragem de olhar para ele. Se olhasse, erraria todos os acordes. Concentrou-se na música e ela deu um jeito de fazê-lo pensar com clareza. Então, toda a mágoa o atingiu em cheio.

Terminou a música abruptamente. Sem olhar para Arthur, devolveu a guitarra para o cara da camiseta do Green Day.

— Obrigado por me deixar tocar — agradeceu, seco e rude. Todos pareceram confusos.

Deu meia-volta e foi embora sem olhar para trás. Nunca imaginou que Becker fosse correr atrás dele depois de dez anos de indiferença.

— Park! — ele gritou. O coração de Oliver deu um solavanco. Não foi o bastante para impedi-lo. Arthur nunca conseguiria alcançá-lo, estava lento demais com aquela bengala. Conseguia ouvir o baque seco que ela produzia a cada passo, ecoando ao ponto de deixá-lo com enxaqueca. Por que caralhos ele usava uma bengala? — Ei, Oliver!

Congelou. Ainda podia contar nos dedos o número de vezes que Becker o chamara pelo primeiro nome. Estava parado em frente à porta do bar, com a mão pronta para empurrá-la. Mesmo assim, olhou para trás. Arthur tinha uma perna rígida e olhos que queimavam. Selvagens. Becker ainda era inteiramente selvagem, mesmo anos depois.

— Onde você tá indo?

— Embora — respondeu Oliver, rouco, quase sem voz.

Becker finalmente conseguiu chegar perto o bastante para que Oliver notasse que a diferença de altura entre eles era muito maior do que se lembrava. Arthur devia ser uns dez centímetros mais baixo do que ele.

— Eu te quero na banda — disse, simples assim, como se não houvesse ressentimentos. Oliver estava pegando fogo.

— Você me esqueceu — murmurou, cheio de remorso, e soou como se tivesse dezesseis anos novamente.

Arte arqueou as sobrancelhas.

— Do que tu tá falando?

— Eu esperei por você, Arte. — Era estranho ter aquele nome na boca depois de tanto tempo. — Você prometeu que ia me buscar. Eu esperei.

— E eu fui. Sua casa estava à venda.

Estava muito escuro e, ainda assim, dava para ver como Becker parecia confuso. Talvez até ofendido, como se Oliver não tivesse o direito de ficar magoado.

— Você parou de escrever.

Foi uma constatação agridoce perceber que, mesmo na penumbra, Becker ainda era de tirar o fôlego. O rosto estava um pouco corado pelo esforço de alcançá-lo e os cabelos pretos estavam bagunçados. Isso não tinha mudado: ele continuava tão bonito a ponto de doer. Quantos anos ele devia ter agora? Era um ano mais velho que Oliver. Vinte e oito, então.

— Eu escrevi uma carta. Deve ter chegado depois de você ir embora.

Oliver parecia estar vivendo em um dos sonhos que costumava ter quando ficava chapado. Quando se está entorpecido, raramente se sonha com alguma coisa. Mas, quando sonha, são os sonhos mais esquisitos que você pode imaginar. Não conseguia acreditar que aquele encontro era real. Sentia o peito doer cada vez que tentava respirar, e as pontadas na cabeça ficavam ainda mais dolorosas.

— Preciso ir — disse, com a última lufada de ar que lhe restava.

Virou novamente em direção à porta. Tinha certeza de que enlouqueceria de vez se olhasse para aquele Arthur Becker de cabelos pretos e com a porra de uma bengala por mais de um segundo.

— Eu trabalho aqui — ele avisou enquanto Oliver se afastava em direção ao carro. — Se mudar de ideia, sabe onde me encontrar.

Oliver entrou no Santana 1988. As mãos tremiam quando colocou a chave na ignição. Teve uma sensação quase fantasmagórica da mão de Becker sobre a sua, ensinando-o a dirigir.

"Primeira lição: só eu sei ligar o Plymouth." Oliver riu, o estômago contorcido pelo nervosismo. Achou que tivesse esquecido. De todas aquelas coisas. No entanto, o passado o alcançava aos poucos, nítido para caralho.

Precisava de um pico.

A casa nunca fora vendida. Talvez porque Bruma do Sul estivesse fadada ao esquecimento. Oliver sabia que tinha a chave da casa guardada em algum lugar e a achou em uma caixa escondida debaixo da cama, repleta de velharias. Dentro dela também estava o maço de Lucky Strike que costumava pertencer a Arthur Becker e a foto que tiraram juntos na cabine telefônica. A que tirou com os Skywalkers e Aline também estava lá. De repente, sentiu saudades. Fazia muitos anos desde a última vez em que os vira. Também encontrou as mixtapes que Becker tinha gravado e uma das fitas demo da banda.

Era madrugada quando Oliver pegou a estrada. Dentro do Santana 1988, ouviu todas aquelas mixtapes enquanto dirigia até a cidade onde cresceu. Pela primeira vez em muitos anos, não pulou a faixa "Pity Poor Alfie". Estava na hora de enfrentar alguns fantasmas. A viagem foi lenta, e o tráfego não era o culpado.

A cada quilômetro que se aproximava de casa, mais Oliver sentia como se sua infância estivesse aos poucos sendo revelada. Sempre esteve escondida, em uma daquelas caixas que são trancadas no sótão — ou enfiadas debaixo da cama — e esquecidas. No entanto, elas sempre estariam ali, esperando para serem abertas em um momento de coragem.

Imerso em seu momento de coragem, Oliver passou em frente à escola onde estudou. Viu o muro onde colocara os olhos em Becker pela primeira vez e quase conseguiu vislumbrar o veterano apoiado ali, com um cigarro preso entre os lábios e vestindo uma jaqueta de couro surrada. *Tá olhando o quê, moleque?*, dissera o Arthur Becker de 1984, soprando a fumaça do cigarro na cara dele. Arrepiou-se e voltou a atenção para a estrada.

Estacionou na frente do portão da casa onde costumava morar. Testou as chaves e conseguiu abri-lo. Entrou no quintal, mas não ousou pisar na casa. Enfrentaria um fantasma de cada vez. Depois de um breve momento de hesitação, abriu a caixinha de correio enferrujada. Ela transbordava de correspondências acumuladas. Com atenção, olhou uma por uma. A maioria era propaganda ou cartões de Natal enviados por familiares com os quais não manteve contato depois da morte da mãe. Estava começando a achar que Becker havia mentido, até que encontrou um envelope velho e quase destruído pela umidade, datado de 1989.

Não conseguiu ler a carta no quintal de casa. Só tinha um único lugar possível para algo tão importante.

Esperava ainda se lembrar do caminho para o ferro-velho.

O cartaz "Contrata-se guitarrista base" havia sido removido, e talvez aquilo fosse um mau agouro. Mesmo assim, Oliver empurrou a porta do bar. Daquela vez, o lugar estava aberto e cheio de pessoas que pareciam novas demais para frequentar aquele tipo de ambiente. Alguma batida new wave estava tocando, com um violão acompanhando, e Oliver se sentiu um pouco deslocado. Vasculhou o lugar, e era óbvio o que procurava. No bolso da calça estava a carta de Arte.

Não o encontrou. No entanto, foi pego de surpresa ao ouvir a voz dele. Arte estava cantando aquela música — era alguma do The Cure, tinha certeza. Reconheceria a voz dele mesmo que cinquenta anos se passassem, e sempre seria a sua favorita no mundo inteiro. Percorreu o lugar em passos largos até que encontrou Arte. Ele estava sozinho no pequeno palco, com um violão no colo e sob a luz de um holofote azulado. Era de tirar o fôlego. Oliver, ao menos, mal conseguia respirar.

A música chegou ao fim mais rápido do que ele esperava. Parecia que apenas alguns segundos haviam se passado. Todos aplaudiram, menos Oliver, que continuou de pé entre as mesas. Como se estivesse perdido. Arte o notou. Seus olhares se esbarraram e houve um breve momento de surpresa, mas logo Arte fazia um agradecimento rápido ao microfone, informando que faria um curto intervalo. Então, guardou o violão e desceu do palco. Oliver ainda precisava se acostumar com a bengala. Agora, ao menos, sabia o porquê.

— Ei — disse, sem jeito, quando Arte o alcançou. — Eu li a sua carta.

Trocaram um olhar mútuo de compreensão.

— Vem, vamos pegar uma mesa.

Ocuparam uma mesa mais afastada, longe do palco. Arte pediu uma cerveja e Oliver pediu um copo de água, mas estava muito nervoso para colocar qualquer coisa no estômago.

— Gostei do cabelo — Arte disse, com um sorriso de canto. Era difícil se acostumar com o peso daquele olhar depois de tantos anos.

— Sua cor favorita — Oliver lembrou. Não sabia como, mas lembrou.

Arte pareceu desconcertado por um segundo. Aquilo era novidade. Oliver observou os dedos dele abrirem um botão da camisa social preta e teve um vislumbre de uma tatuagem. Arte tinha feito uma tatuagem no peito. Lembrou-se das cicatrizes e da tatuagem do dragão chinês, e seu coração fez algo estranho no peito.

— Você mudou muito. — Arte tomou um gole de cerveja quando ela chegou. — Não parece mais aquele calouro que não sabia nem segurar uma guitarra.

Oliver riu, deixando o ar escapar pelo nariz.

— E você não parece mais aquele veterano todo metido a rebelde.

Arte ergueu as sobrancelhas em uma expressão cômica que costumava fazer muito no passado.

— Você me achava metido a rebelde?

— Era o seu charme. — Oliver deu de ombros.

— Então quer dizer que não sou mais charmoso?

Nervoso, Oliver ergueu a mão no ímpeto de arrumar os óculos. Por um breve momento, havia esquecido que não os usava mais. Sentia-se um maldito adolescente outra vez. Arte, atento às suas reações, abriu um sorriso.

— Você continua uma gracinha.

Oliver corou. Porra, quanto tempo fazia que não ficava daquele jeito por causa de um cara? Não conseguia lembrar.

— Eu tenho vinte e sete anos, Arte — falou, tentando usar um tom de repreensão. Soou mais como uma birra.

— Ainda te vejo como um moleque, Park. Sinto muito.

Oliver percebeu que aquilo não o incomodava. Nem um pouco. Preferiu não dizer nada e tomou um gole de água. Arte olhava atentamente para as mãos dele.

— Qual era o seu veneno? — perguntou, de repente. Oliver não entendeu até que Arte apontou para seus dedos que, em intervalos de segundos, sofriam um leve espasmo. — Um ex-viciado reconhece outro e tal. Aposto que faz menos de dois anos que você tá limpo.

— Um ano — respondeu, sem hesitar. Normalmente não gostava de falar sobre o assunto, mas com Arte era diferente. — Heroína. E você?

— Morfina. Sabe, por causa da perna.

Oliver assentiu. Talvez fosse o momento certo para falar sobre a carta.

— O Plymouth já era, então?

— Sim. — Havia um traço de tristeza na voz. Sabia que Arte amava aquele carro. — Eu tô consertando ele, na garagem de casa. Aos poucos. É difícil encontrar as peças. Muito caro importar.

Oliver assentiu e apertou os lábios, pensando na carta. Doía lembrar do que tinha lido, mas não conseguiu evitar relê-la inúmeras vezes. Pensar na oportunidade que jogou fora doía ainda mais. Talvez as coisas fossem diferentes se houvesse esperado. Mas não sabia se suportaria esperar por Arte naquela casa onde encontrou a mãe morta. Achava que enlouqueceria. Então, lembrava do que leu na carta e o coração doía. "*Consegui uma casa para nós dois, gracinha*", dizia a caligrafia caótica de Arte. "*Não é grande coisa, mas você vai gostar.*" Oliver, no ferro-velho, chorou ao ler aquelas palavras. Arte nunca quebrou a promessa. Se tivesse sido um pouco mais paciente...

— Me desculpa — Oliver disse as palavras que o sufocavam desde que lera a carta. — Arte, me desculpa por não ter esperado. Eu sei que tinha prometido...

— Tá tudo bem — interrompeu ele, dando um sorriso leve. — Mas fique sabendo que você foi o primeiro cara que partiu meu coração.

Oliver gaguejou mais um pedido de desculpas e Arte riu, aquele som grave e espontâneo que sempre fez seu coração de garoto doer de amor. Quase conseguia sentir aquela nostalgia de novo.

— Eu tenho que voltar para o palco. Você me espera?

— Sim.

Daquela vez, esperaria por Arte o tempo que fosse necessário. Observou ele se afastar em direção ao palco, e as mãos apertaram o copo em um gesto ansioso.

— Eu quero dedicar a próxima música para uma pessoa — Arte falou ao microfone, com o violão no colo, e sorriu enquanto se dirigia à plateia, mas o sorriso era só para Oliver. — *I loved you with all my heart, Alfie.*

Arte começou a tocar "Harvest Moon", do Neil Young, no violão. Ele sorria, daquele mesmo jeitinho torto e esperto, como se o tempo houvesse congelado no momento em que os dois eram adolescentes que brincavam com a inocência do amor.

Então, Arte cantou. De olhos fechados e sussurrando os versos com cuidado. O coração de Oliver doía. Ele pensara que nunca mais o ouviria cantando. Sob aquela luz azul, Arte era a coisa mais bonita que já havia visto. Depois de tantos anos, finalmente sentia algo que não fosse um vazio eterno. Através dele, a música reencontrou o caminho para preencher o buraco em seu peito.

Em dado momento, Arte olhou em sua direção. Os olhos queimavam, selvagens. Oliver sentiu cada centímetro de pele arrepiar. Mas foram os versos cantados que fizeram seu corpo ferver em chamas.

Because I'm still in love with you
Porque eu ainda estou apaixonado por você
I want to see you dance again
Quero ver você dançando outra vez
Because I'm still in love with you
Porque eu ainda estou apaixonado por você
On this harvest moon
Nessa lua cheia

Oliver estava ensurdecido pelo coração que resolveu lembrá-lo de um amor enterrado havia dez anos. No final da música, aplaudiu sem hesitação e com um sorriso bonito no rosto. Nem lembrava qual havia sido a última vez que sorriu daquele jeito tão verdadeiro. Parecia fazer uma eternidade.

Arte deu uma piscadela em sua direção.

Oliver estava nas nuvens.

INTERLÚDIO

PLYMOUTH 1960 E ARTE DESVIANTE

We escaped the test and the marathon run
And no one heard and these mournful cries of "Alfie!"
We put a stop to that
Oh, but Alfie, I wish you'd please come back

— "PITY POOR ALFIE / FEVER"
THE JAM

Durante todo o ano de 1984, Arthur esperava as aulas começarem encostado no muro em frente à escola. Costumava sair cedo de casa, antes de os pais acordarem, e matava tempo ouvindo música no Walkman e fumando alguns cigarros. Às vezes chegava mancando e com o corpo dolorido, porque foi naquela época que o pai começou a beber de verdade.

Naquela manhã de outono, estava ouvindo "Rebel, Rebel" do Bowie quando notou a existência de Oliver da Rosa Park pela primeira vez. Foi impossível não notar, já que o garoto parou bem na sua frente, no meio da calçada, e perdeu alguns segundos olhando para ele. Era a porra de um moleque, apesar do tamanho, do tipo que costumava apanhar dos mais velhos por ser frágil demais. Não gostou do jeito que ele o encarava.

— Tá olhando o quê, moleque? — perguntou, ríspido, com a fumaça do cigarro escapando pelos lábios.

Arthur o viu corar por trás dos óculos grandes, e os olhos castanhos do garoto vacilaram em seu rosto até se perderem no chão.

Compreendeu o que estava acontecendo naquele instante. Arthur não era burro. O moleque tomou o rumo para a entrada da escola e não olhou para trás. Se houvesse olhado, teria encontrado Arthur o observando partir, com o cigarro esquecido entre os lábios que se estendiam devagar em um sorriso curioso.

— Ei, qual é a desse cara? — Leo estalou os dedos em frente ao seu rosto. Estava tão distraído que não o viu chegar.

Arthur não respondeu. Jogou o cigarro no chão e o apagou com a sola do coturno quando o sinal soou. Seguiu Leo para dentro da escola, onde encontrariam o restante da banda, no auditório, para matar aula e fazer um som.

Arthur levou algumas horas para esquecer completamente de Oliver. Isto é, até vê-lo outra vez.

Oliver da Rosa Park, o garoto que era invisível para todos. Mas às vezes, quando não havia ninguém por perto, Arthur Becker o via.

O maior erro de Arthur foi ter achado que podia confiar na mãe. Tinha onze ou doze anos quando contou para ela que talvez gostasse de garotos. A única coisa que Laura dissera fora que ele era novo demais para ter certeza. No entanto, mais tarde, seu pai ficou sabendo. Naquele dia, Arthur levou uma surra bem feia. Conseguiu fugir antes que saísse muito machucado e correu pela cidade, sob um céu tempestuoso, sem saber para onde ir. Pretendia nunca mais voltar para aquele lugar, mesmo que não tivesse onde cair morto. Talvez se escondesse no velho cinema.

Se houvesse enfrentado aquela surra calado ou escolhido não confiar na própria mãe, seu irmão ainda estaria vivo. Beni era a melhor coisa de sua vida. Ele jogava no time de futebol da cidade e era fascinado por carros. Tinha seu próprio conversível reformado. Arthur se lembrava do dia em que havia visto o Plymouth 1960 pela primeira vez, quando Beni o trouxe para casa logo depois de uma viagem para São Paulo, onde gastara uma pequena fortuna nele. Era um carro ridículo de tão comprido, e chamava a atenção em qualquer lugar.

— Onde tu achou um carro assim? — Arthur perguntou, sem conseguir desgrudar os olhos. Conseguia ver seu reflexo na tinta vermelha de tanto que o carro brilhava. — Nossa, esse é o carro mais legal que eu já vi.

— Tenho meus contatos, cê sabe — Beni respondeu. Arthur achava muito engraçado quando ele falava daquele jeito. — Anda, sobe aí. Vou ligar pra ti.

— Sério? — Olhou para ele, sem conseguir acreditar.

— Sério. — Beni sorriu, divertido. — Vai logo, antes que eu mude de ideia.

A capota do Plymouth estava aberta, então Arthur pulou para os bancos de couro branco sem abrir a porta. Colocou as mãos no volante. Naquela idade, parecia enorme nas suas mãos. Beni sentou no banco do passageiro e colocou a chave na ignição.

— Tem um truque pra ligar esse carro — Beni explicou e segurou sua mão, levando-a até a chave. — Vou te mostrar, mas não conta pra ninguém, beleza?

Arthur assentiu, e Beni o fez empurrar a chave para cima e depois para baixo e só então girá-la na ignição. Arthur se assustou com o rugido alto do motor. Apaixonou-se à primeira vista por aquele carro.

Beni fazia questão de levá-lo para passear sempre que podia. Não demorou para que ensinasse o irmão a dirigir, já que Arthur sempre fora invisível para o pai. Beni era o filho de ouro e Arthur nunca sentiu inveja dele. Mesmo cercado de amigos, sempre dava um jeito de passar algum tempo com o caçula. Iam ao cinema, corriam pela estrada e ouviam The Jam. Era a banda favorita do irmão mais velho, e ele sempre ouvia a mesma maldita fita dos caras.

Arthur só conseguiu aceitar que Beni havia morrido de verdade quando viu o estrago feito no Plymouth 1960. Arrependeu-se de ter fugido de casa, arrependeu-se de ter confiado na mãe, arrependeu-se de ser quem era. Devia ter adivinhado que Beni ficaria preocupado e sairia para procurá-lo. Conhecia-o como a palma da mão e ainda assim fora o responsável pela sua morte.

A primeira cicatriz que ganhou do pai foi uma semana depois do acidente. Queimado nas costas com um cigarro depois de ter levado uma surra. Arthur era apenas uma criança. Não havia como não se culpar, já que os pais o tratavam como o culpado. Na verdade, o pai falava pelos dois, já que a mãe nunca saíra do estado de choque por perder seu primogênito.

Durante dois invernos inteirinhos, Arthur tentou negar quem era. Mas, aos quinze anos, tinha a total certeza de que nunca se interessaria por garotas.

Também foi aos quinze anos, quando sua coleção de cicatrizes já crescera bastante, que Arthur tomou a decisão de ir embora. Fez uma promessa: quando nevasse de novo em Bruma do Sul, iria embora de lá. Guardava com carinho a lembrança da última vez que nevou na cidade. Os pais, Beni e ele brincaram de guerra de neve. Era a sua melhor lembrança, a mais feliz. Talvez, se nevasse outra vez, a mãe também se lembrasse.

Mas agora tudo o que tinha era o Plymouth 1960.

O carro permanecera na garagem desde o acidente, e Arthur acreditava que aquela era a hora de colocá-lo na estrada outra vez. Sabia que Beni tinha uma boa quantia guardada para comprar uma casa na capital e sabia exatamente onde esse dinheiro estava. O pai não fazia ideia da existência dele, e Arthur aproveitou cada centavo para consertar o Plymouth 1960. Escondeu o que sobrou dentro da garagem, pois sabia que seria necessário quando fosse embora.

Dali em diante, guardou todo dinheiro que caía em suas mãos. Fazia alguns bicos lavando carros e fazendo pequenos serviços para os vizinhos, mas grande parte do dinheiro veio das apresentações da banda que criou pouco depois de completar catorze anos. Os Skywalkers.

Arthur sempre fora apaixonado por música. Talvez tivesse herdado do irmão o apreço pelo rock'n'roll, já que foi ele quem apresentou as bandas mais maneiras. Nunca esqueceria do dia em que Beni o chamou para o quarto e colocou um disco dos Ramones para tocar. Depois disso, os dois muitas vezes ouviam punk em segredo. Além disso, Arthur sempre gostou de cantar. Cantava no coral da igreja antes de as coisas desandarem.

A ideia da banda surgiu inicialmente como algo para matar o tempo. Sabia que a escola incentivava que os alunos montassem grupos musicais como atividade extracurricular e liberava o auditório para ensaios. Mas Arthur não estava esperando muita coisa quando pendurou cartazes nos murais da escola, anunciando a audição para uma banda de rock.

Foi necessária uma tarde inteirinha para avaliar os interessados. João Mengue Bauer foi o primeiro que escolheu, afinal, era o único que sabia tocar bateria e inclusive mandava bem para caramba. Johnny era um rebelde e volta e meia levava uma advertência ou suspensão. Colecionava olhos roxos e não raro se metia em uma briga no pátio da escola. Vez ou outra uma nova pichação aparecia nos muros da escola e não demorava para que Johnny fosse suspenso outra vez. Arthur conhecia um dos irmãos mais velhos dele, Thales, que costumava andar com Beni. Soube que a mãe dele desapareceu nos anos 1970 e que o pai criava os seis filhos sozinho, isso quando não estava bêbado demais no bar para aparecer. Thales, o mais velho, muitas vezes tinha que assumir o papel dele.

O segundo que Arthur escolheu foi Jorge Leonardo Cardoso Hu. Ele se destacou no solo de "Thunderstruck", do AC/DC, e Arthur viu potencial para um solista. Leo era um cara legal, boa pinta e popular, principalmente com as garotas. Era o melhor amigo de Johnny, mesmo que fossem tão diferentes um do outro, e jogava futebol no mesmo clube de Beni. Quando Arthur perguntou como ele iria conciliar os treinos com os ensaios, Leo respondeu que estava largando o futebol porque seu sonho de verdade era ser guitarrista.

Arthur ainda precisava de um guitarrista-base, e escolheu Carlos de Oliveira Barbosa pela simples razão de serem da mesma turma. Ele era razoavelmente bom e tinha um estilo bacana. Estava sempre de cara amarrada e não era de falar muito. As garotas gostavam dele por ser tão misterioso, mas Arthur o achava um saco.

Faltava o baixista. Pensou em pendurar mais uma dúzia de cartazes procurando por um, mas, caso não encontrasse, aprenderia a tocar baixo e faria como o Roger Waters, do Pink Floyd. Mas foi na saída da escola, depois de um período bem chato de Matemática, que conheceu Danilo Fonseca da Silva.

— Ei, tu é o cara que tá montando uma banda? — perguntou ele ao se aproximar de Arthur, que estava fumando em frente à escola. Arthur fez um som rude, sem tirar o cigarro da boca, que queria dizer "sim". — Ainda tem vaga para guitarrista?

— Só para baixista — respondeu. Danilo pareceu ponderar. Arthur dedicou aquele segundo a analisar o garoto e se interessou pelo visual retrô dos anos 1950. — Se quiser, a vaga é tua.

— Vou ter que aprender.

— Se o Paul McCartney conseguiu, você também consegue. — Apagou o cigarro no muro e sorriu meio torto.

Danilo aprendeu mais rápido do que Arthur havia imaginado. E, pela primeira vez desde a morte do irmão, ele experimentou a sensação de ter um amigo. Os dois passavam as tardes no auditório para que Dani pudesse praticar linhas de baixo, e Arthur o acompanhava porque não tinha lugar melhor para ficar — evitava sua casa o máximo que podia. Dani não se importava com o jeito monossilábico e a cara emburrada de Arthur. Até conseguiu deixá-lo à vontade, ao menos um pouco.

Depois de um tempo, Dani conseguiu deixar Arthur muito à vontade. O primeiro beijo aconteceu logo depois do primeiro ensaio dos Skywalkers, na primavera de 1984. Foi terrível, mas aos poucos ajustavam a harmonia — no ensaio, é claro. O beijo foi bom o bastante para deixar Arthur interessado em repetir, e o fato de precisarem fazer isso escondidos dos outros caras da banda deixava tudo mais interessante.

Dani era um cara legal. Tinham gostos em comum e conversavam muito sobre música. Isso quando não estavam matando tempo se beijando. Arthur achava esquisito a naturalidade com a qual Dani lidava com o que tinham. Como se, para ele, não fosse nada errado dois garotos fazerem o que faziam. Arthur nunca falou disso abertamente.

Ele gostava de quando era convidado para ir até a casa de Dani para passarem mais tempo juntos. Se sentia muito mais à vontade lá do que na própria casa.

Às vezes, Dani ficava envergonhado quando os pais agiam como se os dois garotos fossem namorados e, mais uma vez, Arthur se perguntava como podiam achar aquilo tão natural quando o mundo inteiro parecia pensar o contrário. No entanto, a sensação era boa. Uma esperança tímida, que não demorava a morrer quando outro cigarro lhe marcava a pele.

Apesar de apreciar os momentos a sós com Dani, era a música que tornava os dias de Arthur melhores.

E foi na primeira apresentação da banda, na festa de aniversário de Leo, que Arthur entendeu que era aquilo que ele queria para toda a vida.

A música deu a ele um propósito para viver.

Oliver da Rosa Park.

Arthur levou dois anos para descobrir o nome daquele garoto.

Foi ao acaso. Só estava procurando um guitarrista-base porque Carlos tinha decidido sair da banda depois de uma briga — trocaram alguns socos e nem ao menos lembrava do motivo. Devia ser por alguma bobagem qualquer; talvez Arthur tivesse se recusado a tocar um dos folks de merda que o cara sempre insistia em colocar na setlist.

Já fazia um tempo que andava esbarrando com Oliver pelos corredores da escola. E no refeitório. Se parasse para pensar, esbarrava com aquele moleque em todo lugar. À princípio, não conseguia se lembrar de onde o conhecia. Mas o olhar envergonhado de quem havia sido pego fazendo algo errado era muito característico. Arthur entendia o que estava acontecendo. Não era a primeira vez que recebia aquele tipo de olhar, mesmo que estivesse acostumado a recebê-lo de garotas que corriam para tentar falar com ele depois de uma apresentação.

Tudo só se tornou ainda mais óbvio quando, em algum momento no ano anterior, dividiram o mesmo espaço no banheiro da escola. Quando o viu ocupar a outra ponta do mictório, acabou rindo. O garoto hesitou como se o banheiro estivesse ocupado por uma assombração, e estava tão vermelho que Arthur não conseguiu evitar. No entanto, não disse nada. Foi embora e seguiu para o estacionamento, onde encontraria Dani. Trocaram beijos durante toda a tarde, e Arthur não contou nada a ele. Afinal, nunca pensou que um dia o moleque fosse significar alguma coisa.

As coisas mudaram quando Oliver se inscreveu para ser guitarrista-base.

E foi naquela audição, no inverno de 1986, que Arthur percebeu que precisava se manter longe dele. Havia algo de muito bonito na timidez do garoto. Assumiu a postura rude e agressiva que costumava usar para se defender de todos e defender a todos de si mesmo.

Tinha medo de quebrar algo tão inocente quanto Oliver. Arthur, que já estava tão quebrado, não queria machucar mais ninguém.

Depois de Beni, Arthur se sentiu muito sozinho. Às vezes, um pensamento o assombrava: se desaparecesse da noite para o dia, ninguém sentiria sua falta. Não de verdade. Talvez a banda, e Dani provavelmente ficaria triste. Por pouco tempo. Mas Arthur tinha certeza de que sua mãe, que um dia dissera com tanta facilidade que o amava, talvez nem percebesse que ele já não estava mais ali, ocupando o lugar que deveria ser de Beni. Havia uma diferença enorme entre ser amado e sentir-se amado por alguém.

Chegou muito perto disso com Dani, mas o baixista era consciente demais do que aconteceria caso se entregasse daquela maneira e foi quem tomou a iniciativa de terminar tudo. Arthur sabia que Dani se arrependia de ter deixado que a relação entre eles fosse além da amizade e também sabia que aquilo teria que acabar. No final de 1985, despediram-se na cama de Dani. Foi intenso e melancólico — mais para Arthur, que mais do que nunca gostaria de viver uma vida normal.

— Vai ficar tudo bem entre a gente? — Dani perguntou, em um sussurro.

Era noite e a única iluminação no quarto vinha da lua pálida lá fora. Arthur estava sentado no colchão ao seu lado, acendendo um cigarro. Estava completamente vestido, enquanto Dani não usava uma peça de roupa sequer. Embora Arthur deixasse que ele o tocasse por debaixo das roupas, nunca revelava muito da pele quando transavam.

— Isso é o melhor que vai ficar — respondeu, depois de uma tragada. Passou o cigarro para o outro garoto e evitou que os olhares se esbarrassem. — É assim que tem que ser.

Dani concordou e levou o cigarro aos lábios. Arthur foi embora antes que a madrugada chegasse e, depois disso, as coisas entre os dois nunca mais foram as mesmas.

Arthur sentiu muita falta. Não só do que tinham em segredo, mas da amizade que esfriou. Das conversas sobre música. Dos pais malucos de Dani. Da sensação de pertencer a algum lugar, de poder ser ele mesmo.

Mas aceitou que as coisas tendiam a não darem certo para ele.

Um ano depois, Oliver provou que ele estava completamente errado. Sobre tudo. Arthur nunca pensou que fosse se apaixonar. Não precisou de muito. Ficou completamente encantado pelo jeito sincero com que Oliver o olhava, sem saber disfarçar o que quer que estivesse sentindo. Mas Arthur sabia. Novamente era óbvio demais. E talvez tenha se apaixonado justamente pela maneira que Oliver sentia sem medo.

Já Arthur era só medos. Não havia um único dia em que não temesse o que podia acontecer caso ficasse naquela cidade por muito tempo. Caso se apegasse a alguém.

Arthur se apegou a Oliver antes que pudesse evitar. E ele tentou... Tentou muito. Fez de tudo para afastá-lo, e foi muito difícil. Depois do primeiro show dos Skywalkers na capital, Arthur quase foi ensurdecido pelo pensamento de que já estava apegado a Oliver havia tempo demais. E quando Oliver disse que achava estar apaixonado, doeu. Porque Arthur sabia que era a hora de pôr um fim àquilo.

Fez Oliver prometer que não se apaixonaria, mas quem estava apaixonado era ele.

Arthur se culpou mais uma vez. Pensou na mixtape que gravou para o garoto e que tinha acabado de esconder na mochila dele — tinha inclusive embrulhado aquela merda com um cuidado desnecessário. Músicas que sempre o faziam lembrar de Oliver, pelo motivo que fosse. Andava pensando *demais* nele.

Fez o que considerava ser o melhor para os dois. Afastou-se de Oliver e, por mais que doesse, ignorou toda a mágoa que via nos olhos dele. Para protegê-lo. E para proteger a si mesmo.

No entanto, mais uma vez, não foi forte o suficiente. Bastou um braço quebrado para que Arthur assumisse toda a culpa do mundo só para si novamente. Não sabia mais o que fazer, mas ficar longe de Oliver já não era mais uma opção. Aos poucos, deixou que ele se aproximasse mais de quem era de verdade, e foi questão de tempo até que se envolvessem outra vez. Queria aquilo tanto quanto Oliver e não foi capaz de evitar.

Não conseguia lembrar exatamente de quando tinha se apaixonado. Antes que se desse conta, tudo o que fazia era pensar em Oliver. No jeito sincero em que ele se entregava. No sorriso tímido, mas poderoso. No jeito simples como ele via a vida. Mas tinha quase certeza de que havia se apaixonado de verdade quando levou o garoto ao cinema.

— É a primeira vez que vou ao cinema — Oliver sussurrou daquele jeito tímido, segurando sua mão.

— Então é mais uma coisa que você vai poder riscar da lista. — Arthur sorriu e beijou os dedos dele.

— Eu quero fazer a lista inteira com você — ele confessou, ajeitando os óculos grandes no rosto, uma mania que Arthur achava uma gracinha.

Estava passando *Highlander, o guerreiro imortal*, e aquele era o tipo de filme em que Arthur se amarrava. No entanto, não prestou atenção por um segundo sequer. Porque Oliver o estava abraçando, sem se importar se alguém estivesse vendo. Como se não vivesse no mesmo mundo que Arthur. E se alguém os visse e se ofendesse? Não deixaria que encostassem um dedo em Oliver, mas não sabia se seria capaz de se defender. Não conseguia se defender do pai. Talvez acabasse travando, porque era o que sempre acontecia com ele.

Ignorou aqueles pensamentos e se esforçou para compartilhar da inocência de Oliver. De repente, seu coração batia forte demais ao pensar que, embora negasse, aquele era seu primeiro encontro com alguém. Tudo o que queria era beijar Oliver dentro do Plymouth 1960, sob a luz intensa do telão. Sabia que ele derreteria em suas mãos e queria muito tocá-lo em todos os lugares.

Desde que começou a se envolver com Oliver, nunca mais saiu com ninguém. Oliver foi o primeiro em quem confiou para mostrar suas cicatrizes e, quando ele beijou cada uma delas, Arthur entendeu que o amava. Que o amaria para sempre.

Era estranho dormir em uma cama depois daqueles anos dormindo dentro do Plymouth 1960. O inverno de 1987 foi rigoroso, e Arthur teria enfrentado noites difíceis e muito frias se tivesse permanecido naquele ano em Bruma do Sul. Alugou um quarto em uma pensão barata com o dinheiro que guardou durante todos aqueles anos. Já não valia muito, com todas as trocas de moeda. Tinha apenas uma cama, um banheiro apertado e a foto que tirara com os Skywalkers em sua formatura colada na parede.

Aquela foto o fazia se sentir bem nos momentos difíceis. Às vezes, sentia-se tão sozinho que doía. Não tinha amigos naquela cidade. Olhar para aquela foto o lembrava dos únicos amigos que tivera. Às vezes, ria sem perceber quando relembrava daquele final de tarde e de como tinha sido arrastado por eles até o palanque para receber o diploma. Naquele dia, amou-os com sinceridade.

No seu aniversário de 18 anos, Arthur comprou algumas cervejas e dirigiu até um lugar onde pudesse ver as estrelas. Sempre gostou de colecionar constelações. Desejou que Oliver e seus amigos estivessem ali. *Em breve*, ele pensava, tentando confortar a si mesmo.

Durante três meses, Arthur ficou desempregado, alimentando-se mal e dormindo pouco. Ainda assim, comprava um cartão-postal por semana e enviava para Oliver. Não conseguia escrever nada, porque era doloroso demais. Escolhia uma música que gostava e esperava que ele entendesse nas entrelinhas como se sentia.

Relembrava a despedida e o quanto Oliver havia chorado, implorando para que ficasse. Quase desistira. Mas não podia. Na madrugada em que começou a nevar em Bruma do Sul, Arthur não conseguia dormir porque estava muito frio dentro do Plymouth. Manteve-o ligado por um tempo, só para o aquecedor funcionar, mas não era o suficiente. Viu quando os primeiros flocos de neve começaram a cair no para-brisa.

Arthur não dormiu naquela noite e observou a neve cair. O frio que sentia era apenas um detalhe diante de todo o resto. Esperou tanto por aquele momento, mas tudo o que sentiu foi medo.

Quando amanheceu, Arthur dirigiu até a casa onde cresceu. Tentou não fazer barulho ao acordar a mãe. Os olhos azuis buscaram os seus, e ela sorriu. Arthur a ajudou a levantar da cama e a vestir um roupão.

— Onde estamos indo? — ela perguntou, achando certa graça. Arthur tentou não sentir esperanças quando a guiou pela casa até a porta de entrada.

A porta se abriu revelando um horizonte branco.

— Olha, Beni — Laura sussurrou, e o coração de Arthur afundou dentro do próprio peito. — Neve.

— Arthur — corrigiu-a. — Sou o Arthur, mãe.

O sorriso de Laura morreu. Ela pareceu irritada por um único segundo enquanto o olhar dela percorria seu rosto, mas a expressão logo suavizou. Os olhos dela se perderam no horizonte, e ela mais uma vez se fechou dentro de si mesma. Não estava mais ali.

— Mãe — Arthur insistiu, e a voz quebrou por um momento. — Por favor.

Não teve resposta. Guiou-a de volta para o quarto e a ajudou a deitar na cama. O olhar dela permaneceu distante durante todo o tempo. Arthur não se despediu, embora tivesse certeza de que nunca mais a veria. Agiu no automático, porque iria quebrar se parasse para pensar. Já tinha tudo de que precisava quando entrou outra vez no Plymouth 1960. Tinha que partir antes que as ruas congelassem.

E foi o que fez.

Se arrependeu de não ter dito que amava Oliver. A promessa que fez a ele o motivou a fazer de tudo para conseguir um emprego e poder vê-lo de novo, para que pudesse finalmente ser honesto sobre seus sentimentos. Trabalhava dez horas por dia como auxiliar em uma mecânica em São Leopoldo. Era cansativo, e o chefe era um merda que cobrava caro para consertar defeitos que ele mesmo inventava para os clientes. Arthur aguentou calado porque precisava do dinheiro.

Um ano se passou e a vontade de rever Oliver apenas aumentava. Às vezes, pensava em pegar o Plymouth 1960 e ir até Bruma do Sul só para vê-lo. Mas então se lembrava do pai e da mãe e não conseguia. Travava, como sempre acontecia com tudo o que envolvia a família.

Depois de um tempo, conseguiu um emprego em outra mecânica, em Canoas. Uma decente, onde também aprendeu muito sobre carros. No início de 1988, encontrou um lugar para morar na capital. Era simples e pequeno, mas em um bairro bom e por um valor que podia pagar. Fez algumas dívidas com o banco, mas não era um problema. O importante é que, pela primeira vez na vida, teria um lar. Em mais alguns meses, poderia trazer Oliver para a casa deles.

A vida ensinou Arthur a ser pessimista, mas, daquela vez, ele estava confiante de que daria certo.

Mas se enganou.

Oliver foi seu primeiro e único namorado. Depois de 1989, Arthur levou pouco mais de dois anos para conseguir se relacionar com outro homem, porque ainda tinha esperanças de encontrar Oliver. E levou mais algum tempo para curar o coração partido depois de aceitar que nunca o veria outra vez.

Não houve um único dia em que não se arrependesse de ter provocado o acidente com o Plymouth 1960. E a razão não era nem pela perna esquerda, que ficou fodida para sempre, mas porque foi por causa do acidente que perdeu Oliver e o carro do seu irmão.

Naquela fatídica noite, estava na estrada voltando do trabalho depois de um turno dobrado — andava trabalhando mais de doze horas para conseguir pagar as dívidas que havia feito com a casa. Precisava rodar vinte quilômetros até chegar em casa e foi tempo o suficiente para que, com o cansaço pesando no corpo, fechasse os olhos por poucos segundos. Só para descansar...

Acordou numa poça do próprio sangue. A consciência foi acompanhada por uma dor excruciante. Não tinha comparação com os cigarros do pai, era um tipo de dor que nunca havia sentido antes. Tentou gritar, mas nada saiu. Tentou se mexer, mas achou que morreria se tentasse um pouco mais. Finalmente conseguiu enxergar algo além de borrões. O Plymouth 1960 estava a poucos metros, capotado contra blocos de concreto, com muita fumaça saindo do capô. Por um breve instante, Arthur pensou ter vislumbrado o corpo de Beni ali.

Não sentia nada da cintura para baixo. Com muita dificuldade, conseguiu olhar para as pernas. Uma barra fina de ferro atravessava a esquerda. Desmaiou outra vez. Quando acordou, foi como se houvesse uma luz insuportável sobre as pálpebras; a dor havia dobrado. Conseguiu gritar. Havia pessoas em volta e tentavam mover seu corpo para uma maca. A barra de ferro havia sido serrada e sua cabeça, imobilizada.

— Meu... — Arthur grunhiu, mal conseguindo formar palavras. — Meu carro...

O carro de Beni.

— Por favor, não tente falar — um dos homens pediu. Agora conseguia identificar que as luzes eram da ambulância. — O guincho já foi chamado, certo? Não se mova.

Arthur foi levado ao hospital com uma concussão, uma perna quebrada e uma fratura exposta no braço. Quando adormeceu ao volante, o Plymouth 1960 havia batido no acostamento, perdendo o controle. Capotou ladeira abaixo até cair em um terreno que estava fechado para a construção de um prédio comercial. Um casal que estava passando por aquela estrada viu a barreira arrebentada e o encontrou.

Arthur não estava usando cinto de segurança. A verdade é que tinha muita sorte de ainda estar vivo. O joelho ficou completamente fodido, além de ter fraturas em outros lugares da perna também. A fisioterapia para recuperar o movimento da perna esquerda doeu como o inferno, e ele quase desejou tê-la perdido no acidente. Nos meses que se seguiram, Arthur pensou em escrever para Oliver. Muitas vezes. No entanto, tinha outras coisas com que se preocupar — como a carta de demissão que chegou no final da primavera do mesmo ano.

Naquela época, a perna doía demais e o médico receitou morfina. Usou muletas durante um bom tempo, e ninguém tinha trabalho para alguém como ele. Havia prometido ao seu garoto que teria um emprego decente quando o buscasse, e a vergonha era tamanha que não tinha coragem de enviar um cartão-postal sequer. E então veio a dor de encontrar a placa de "VENDE-SE". Uma dor maior do que todas aquelas causadas pelo acidente. Havia alugado um carro bacana, um Opala amarelo, para compensar a falta do Plymouth 1960. Tinha feito um roteiro de viagem passando por alguns lugares de que sabia que Oliver gostaria. E a fita do The Jam já estava tocando "Pity Poor Alfie" a todo volume para anunciar sua chegada. No entanto, lá estava a placa. Como se debochasse dele.

Arthur desceu do carro e caminhou até o portão. Talvez aquilo não quisesse dizer nada. Talvez a casa estivesse à venda, mas a família Park ainda morasse ali. Voltou para o carro e buzinou algumas vezes. Chamou por Oliver algumas outras. Talvez só estivessem fora. Agarrando-se nessa fagulha de esperança, Arthur sentou nos degraus onde Oliver havia esperado por ele tantas vezes.

Arthur esperou. Durante o dia inteiro e quase noite adentro. Ele já não fumava mais, mas deu cabo de um maço de cigarros, que guardava para emergências, enquanto esperava. Estava meio letárgico, com o coração doendo a cada martelada. Talvez tivessem viajado. Decidido a tirar essa história a limpo, Arthur se apoiou nas muletas e foi até a casa em frente. Tocou a campainha e um velho mal-encarado atendeu a porta.

— Tem ideia de que horas são, garoto?

Arthur, com seus quase vinte anos, detestava ser chamado daquele jeito. No entanto, desculpou-se e foi direto ao assunto.

— Sabe o que aconteceu com os Park? — perguntou, apontando com o polegar por cima do ombro para a casa do outro lado da rua.

O velho pareceu pensar por um momento. Ele estava mascando tabaco e cuspiu no chão.

— A mulher morreu não faz muito tempo. Fui ao funeral, mesmo só tendo falado com ela uma vez, quando me pediu ajuda para consertar a pia. Política de boa vizinhança, entende? — Fez uma pausa e Arthur assentiu, sentindo a garganta fechar. — Não sei o que aconteceu com a filha. Mas o guri foi embora com o filho do meu parceiro de truco.

— Embora para onde? — perguntou, mesmo que estivesse a um passo de não conseguir respirar.

— Acha que eu sei? — O velho fez um gesto rude com a mão. — Eles saíram com um trailer. Provavelmente estão viajando pelo país metidos com droga, já que é só isso que esses moleques fazem hoje em dia. Esses bostas.

Arthur sentiu o estômago afundar. Tudo escureceu, e talvez ele fosse desmaiar. De repente, a perna esquerda doía tanto que ele *precisava* de uma dose de morfina. O velho cuspiu no chão outra vez, impaciente, e Arthur pareceu despertar daquele transe. Agradeceu, sério, e se apoiou nas muletas para voltar ao carro. Olhou uma última vez para a casa dos Park. Lembrou do Oliver de dezesseis anos esperando por ele nos degraus, onde estivera poucos minutos atrás, para rodarem com o Plymouth 1960 pela estrada.

VENDE-SE

Seria assombrado para sempre por aquela placa.

Em um súbito acesso de raiva, socou o volante até o punho doer. E então chorou, com o rosto escondido entre os braços, por longos minutos. Arthur experimentava a sensação de ter o coração partido pela primeira vez na vida. Mesmo que doesse como o inferno, não conseguia culpar Oliver. Culpava somente a si mesmo, por ter chegado tarde demais.

Quando ligou o carro, a fita do The Jam voltou a tocar. Arthur sufocou um soluço e a arrancou do rádio, jogando-a pela janela. Quando partiu, deixou grande parte de seu passado para trás.

E carregaria aquela culpa para sempre.

Arthur não conseguiu desistir. Sabia que estava vivendo às cegas naquela esperança regada a morfina e ilusões, mas não foi capaz de desistir de Oliver. Durante os meses que sucederam aquele inverno de 1989, arranjou um emprego novo em uma loja de música da cidade e continuou buscando qualquer indício do garoto. Começou encomendando listas telefônicas de cidades vizinhas e procurando o nome dele na lista. Não deu sorte. Talvez Oliver ainda morasse em um trailer, sem telefone.

Também encomendava jornais das outras cidades, atento às matérias locais. Achava que Oliver ainda estava no meio musical e sentia que em algum momento haveria uma matéria sobre ele. Não deu sorte mais uma vez. Às vezes abria os jornais nas páginas de obituário, com o coração aos pulos. Não fazia ideia do que aconteceria caso visse o nome dele. Nisso, teve sorte.

Conseguiu encontrar o telefone de Johnny em uma das buscas mensais que fazia nas listas telefônicas. Não hesitou em discar o número do antigo amigo, mesmo que estivesse um tanto zonzo pela morfina que administrara em si mesmo.

— *Porra, tu tá vivo* — Johnny soou um pouco bêbado do outro lado da linha. — *Não acredito que perdi a aposta. Tem o telefone do Dani? Tô devendo vinte pratas pro filho da puta.*

— Não. — Arthur recostou-se na cadeira, puxando o telefone que ficava na mesinha para o colo e esticando a perna esquerda sobre a cadeira oposta. Estava tão chapado que não sentiu dor alguma. — Na verdade, queria perguntar se tu tem o telefone dos caras.

Johnny riu do outro lado da linha.

— *Dos caras? Tu quer o telefone do Oliver. Admite, porra.* — Arte não respondeu e houve um silêncio breve. — *Não tenho o telefone de ninguém. Eu tava brincando, mas pelo jeito o Oliver não tá contigo.*

— Nos desencontramos — explicou, um pouco amargo. — Sumiu no inverno, quando fui buscar ele.

— *Ah* — Johnny fez um som de compreensão. — *Ele foi embora com o Jorge no verão. Foi a última coisa que fiquei sabendo.*

— Com o Leo?

— *É. Sabe, os dois ficaram bem próximos depois que Dani e eu fomos pra faculdade* — explicou. — *O garoto ficou surtado depois que a mãe dele morreu. Acho que foi bom ele ter ido embora daquela porcaria de cidade com o Leo.*

— Eu ia buscar ele — disse Arthur, um pouco amargo.

— *Não me leva a mal, cara. Mas o Oliver perdeu a cabeça por tua causa. Sério, tu tinha que ver. Ele tava sempre cheirado, sabe? Ele achava que a gente não percebia, mas era impossível não perceber. Já não era mais o mesmo.*

Foi como um balde de água fria. De repente, a dor na perna era tanta que precisava de mais uma boa dose de morfina. E talvez um pouco de uísque. "Oliver perdeu a cabeça por sua causa."

Despediram-se e prometeram que manteriam contato. O que não fizeram.

Arthur desistiu. Ao menos, por seis meses. E foi tempo o suficiente para ser demitido do trabalho na loja de música, depois de faltar diversas vezes por estar derrubado pela morfina. Também foi tempo o suficiente para se livrar daquele vício e enfrentar as dores sem se acovardar. Voltou para a fisioterapia e a perna melhorou, dentro do possível. Conseguiu outro emprego, dessa vez em um bar, e teve dinheiro para pagar as contas. Àquela altura já estava há dois meses sem energia elétrica.

Ainda assim, sentia-se sem rumo. Planejou uma vida com Oliver e não sabia vivê-la sozinho. Às vezes, não conseguia mais guardar tudo aquilo dentro do peito e chorava até não restar mais nada. Arthur não tinha ninguém. Nem família, nem amigos, nem amores. Sem a morfina para camuflar, percebeu que a solidão podia doer mais do que qualquer dor física.

Depois de dois anos sem nenhuma sorte, obrigou-se a desistir outra vez. Estava enlouquecendo e era hora de começar a viver, antes que sua vida fosse encerrada sem que houvesse vivido de verdade. Guardou Oliver em seu coração e nunca o esqueceu. Saiu com outros caras, viajou para os lugares que sempre tivera vontade de conhecer, fez algumas amizades.

Encontrou-se outra vez. A música voltou a fazer parte de sua vida, e Arthur montou uma banda para tocar no bar onde trabalhava. Nunca seria como os Skywalkers, mas era uma boa maneira de viver. Ainda assim, Arthur sentia que faltava alguma coisa. Tentou ocupar esse espaço com transas casuais, mas nunca foi capaz de se apaixonar do mesmo jeito outra vez. Relembrava o passado com muito carinho. Só as coisas boas. O restante foi esquecido.

Mas a lembrança do garoto Alfie ficaria eternamente viva.

PARTE VI

UMA LUZ QUE NUNCA SE APAGA E HISTÓRIAS NA PELE

O que foi escondido
É o que se escondeu
E o que foi prometido
Ninguém prometeu
Nem foi tempo perdido
Somos tão jovens

— "TEMPO PERDIDO"
LEGIÃO URBANA

Oliver,

Essa carta tá muito atrasada, né? Eu sei que prometi te buscar assim que você terminasse a escola (espero que tenha terminado), mas algumas coisas aconteceram e isso acabou levando mais tempo do que imaginei. Espero que você não esteja puto comigo, mas caso esteja, vou contar um pouco do que aconteceu. O resto eu conto pessoalmente, ok?

Não quero te assustar nem nada parecido, mas eu sofri um acidente e o Plymouth já era. Foi numa madrugada, eu tava voltando pra casa depois de trabalhar dobrado e meio que dormi enquanto dirigia. Acordei no hospital e me disseram que passei do acostamento e capotei lomba abaixo. Eu tô bem, só fodi minha perna. Quebrei em oito lugares diferentes e essa merda nunca vai voltar ao normal. Eu tô tendo que usar uma muleta, e se você rir, eu quebro a sua cara, moleque.

Enfim. Vamos ficar sem carro (você ainda sabe andar de bicicleta? Só não pode quebrar o braço) enquanto eu tento consertar o Plymouth.

Lembra que eu te falei que ele era do meu irmão? Ele morreu quando eu tinha onze anos. O nome dele era Beni. Ele sofreu um acidente de carro e não sobreviveu.

Eu tô um pouco assustado porque isso quase aconteceu comigo também.

Mas eu sobrevivi, né? Deve ter algum motivo para isso. Queria te dizer que peguei emprestado uma grana do banco. Foi difícil, mas consegui uma casa pra nós dois, gracinha. Não é grande coisa, mas acho que você vai gostar.

Eu quero te ver, mas ao mesmo tempo tô nervoso. Não acredito que tô te dizendo isso, mas tô meio bêbado. Quando eu te encontrar, não vou conseguir tirar minhas mãos de você. Porra, você não saiu da minha cabeça nos últimos anos. Eu sou apaixonado pra caralho por você, Oliver.

Dia 30 de agosto, antes do meio-dia, eu vou estar em frente à sua casa. Não vai ser o Plymouth, mas vou arrumar um carro bacana e colocar "Pity Poor Alfie" pra tocar no último volume até você acordar.

Até o último acorde, lembra?

Espera por mim, gracinha.

Arte Becker,

16 de julho de 1989.

O bar já estava esvaziando quando a última música foi tocada. Arte agradeceu ao público mais uma vez e guardou o violão. Oliver já estava esperando quando ele desceu no palco.

— Veio dirigindo? — Arte perguntou, pendurando a case do instrumento às costas. Oliver concordou com a cabeça. — Pode me dar uma carona?

— Claro — respondeu ele, quase gaguejando. Estava tão nervoso que beirava o patético.

Arte sorriu torto, meio travesso. Oliver conhecia muito bem aquele sorriso. Precisou respirar fundo enquanto o seguia até a saída do bar. Desativou o alarme do Santana 1988 e entrou no carro, esperando Arte dar a volta para entrar do lado do passageiro.

— Eu moro perto da Redenção, no Bom Fim. Sabe onde fica? — ele perguntou, quando fechou a porta e colocou o cinto.

— Sei. — Era perto da república onde Oliver morava. A vida era mesmo uma filha da puta.

Colocou a chave na ignição e ligou o carro. O motor fez um ronco e o rádio ligou na música "Cocaine", do Eric Clapton. Foi com satisfação que percebeu que no momento não sentia vontade nenhuma de usar nenhuma porcaria do tipo.

— Vai querer entrar na banda? Os caras te acharam esquisito, mas concordaram que tu manda bem — Arte quebrou o silêncio. — Tocamos no bar nos finais de semana. O cachê é bom.

— Quero. — Não admitiria, mas precisava muito da grana. Ser viciado custava caro, e agora tinha que lidar com as consequências da vida que deixara para trás. — Qual é o nome da banda?

— Kenobis.

Oliver gargalhou. Com vontade.

— Você é a porra de um nerd, Arte.

— Quem disse que fui eu quem escolheu o nome?

— Skywalkers, Kenobis. Você não engana ninguém. Aposto que deve ter um sabre de luz em casa. — Riu um pouco mais, como há muito não fazia. Olhou para Arte e escancarou um sorriso engraçadinho. — *Nerd.*

— Tu não tem o menor direito de me chamar disso. — Apontou o dedo, ofendido. — Se não fosse por mim, certeza que ainda seria um virgem de merda.

— Quem disse? Já olhou pra mim?

Arte revirou os olhos. Todavia, não retrucou. Tinha perdido aquela.

— Falando em Skywalkers... Ainda fala com eles? — Arte perguntou. Oliver balançou a cabeça, negando. Não contaria sobre a última vez que os tinha visto. Ainda se sentia envergonhado. — Sabe, eu acho que tenho o telefone do Johnny. Talvez a gente devesse marcar um reencontro. Quem sabe tocar alguma merda.

— Seria ótimo — concordou, e foi sincero. Mais do que nunca, queria reviver os velhos tempos.

Ficaram em um silêncio estranhamente confortável. O tipo de silêncio que costumavam compartilhar dentro do Plymouth 1960.

Foi com uma sensação gostosa e quase excitante que Oliver percebeu que, daquele jeito, parecia que nada havia mudado.

Como se para confirmar, "Pity Poor Alfie" começou a tocar no rádio. Arte sorriu ao seu lado e não foi preciso dizer nada. Os dois pensavam a mesma coisa.

— Essa foi a fita que eu gravei pra você?

— Foi — confirmou, sem jeito, tão vermelho quanto o cabelo que permanecia a mesma confusão de fios ondulados.

— *Oh, Poor Alfie* — Arte cantarolou, com uma voz rouca e sussurrada. Em algum momento, a mão dele foi parar na coxa de Oliver. Os olhos selvagens quase fizeram seu coração saltar pela boca.

Estacionou em frente à casa de Arte. Olhou para ele, e o corpo vibrava em expectativa.

— Quer entrar? — Arte perguntou, sem rastro algum de insegurança. Talvez porque a resposta fosse óbvia demais.

— Outro dia, Becker — brincou. Arte entendeu na hora a que ele se referia e gargalhou.

Oliver desligou o carro e seguiu Arte. Observou a maneira de caminhar dele, apoiando parte do peso na bengala de madeira escura e, de alguma maneira, percebeu que ainda existia uma atração poderosa ali. Como se tivesse dezesseis anos outra vez. Não tinha por que esconder. Portanto, quando entraram na casa, não esperou nem ao menos Arte terminar de trancar a porta e o abraçou por trás, pela cintura.

Arte riu. Um som áspero e quase perigoso, muito nostálgico. Oliver encostou a boca na curva do pescoço dele e respirou fundo. Arte não cheirava mais a cigarro. Sentiu apenas um perfume amadeirado, mas já fraco.

— Você parou de fumar? — perguntou, contra a pele dele.

— Parei — Arte respondeu, e finalmente trancou a porta.

Segurou Oliver pelo pulso, forçando-o a desfazer o abraço. Ele caminhou um pouco à frente e virou para olhá-lo. Arte sorriu torto antes de encostar a bengala em seu peito e empurrá-lo contra a porta. O corpo provocou um som seco ao encontrar a madeira, e os lábios se afastaram em um som surpreso, que foi abafado quando a boca de Arte encontrou a sua.

Oliver desarmou por inteiro. Tocou os cabelos pretos e macios e achou que morreria. Depois de dez anos, estava beijando Arte Becker. E nada parecia ter mudado. Ainda era o melhor beijo que já havia provado, e o único capaz de deixá-lo excitado em questão de segundos, como se fosse um adolescente outra vez. Arte percebeu e sorriu, selvagem.

— Sabe de uma coisa? — ele sussurrou, colocando as mãos em sua cintura. — Amanhã vou te levar em um encontro. Nunca tivemos um.

— Aquela vez no cinema...

— Não conta.

— Conta, sim.

Arte o beijou outra vez para mantê-lo quieto. Oliver estava em êxtase. A sensação era infinitamente melhor do que qualquer droga que já havia experimentado.

— Vem, gracinha. Vou te mostrar o Plymouth.

A garagem estava ocupada apenas pelo que restara do carro. O banco de couro estava intacto, a carcaça do carro tinha a tinta vermelha descascada e o motor estava exposto. Ainda assim, o coração de Oliver bateu forte pela nostalgia.

Dentro do Plymouth, beijaram-se de novo. As mãos bonitas de Arte desceram até o cinto de Oliver, provocando um ruído baixo quando o zíper da calça desceu, e ele tocou a ereção sob a roupa.

— Senti saudades.

Oliver ficou arrepiado com o sussurro ao pé de seu ouvido.

— Sentiu?

— Senti.

Foi Oliver quem tomou a iniciativa de abrir a camisa preta que Arte vestia.

Arthur reconheceu o olhar que percorreu a tatuagem em seu peito e tremeu sob o toque das pontas dos dedos trêmulos em suas cicatrizes. Oliver as tocou uma por uma. Reconhecendo-as. E também beijou cada uma delas, relembrando-as, do mesmo jeito que fizera no verão de 1987.

O coração de Arthur batia tão forte que era impossível que Oliver não ouvisse, tão próximo como estava. Seus olhares se esbarraram brevemente e o choque foi tão intenso que a pele se arrepiou, ambos transbordando a sensibilidade nostálgica daquele momento cúmplice. Para Arthur, era ainda mais intenso. Ninguém nunca havia beijado suas cicatrizes como Oliver havia feito anos atrás e como fazia agora novamente.

Arthur se moveu no banco de couro maltratado até que estivesse sentado nas pernas de Oliver, a bengala esquecida fora do Plymouth 1960. A perna esquerda protestou pela movimentação e houve uma dor aguda quando Arthur a dobrou para que se acomodasse no colo de Oliver. Talvez o desconforto tivesse transparecido, pois Oliver o olhou preocupado.

— Dói?

— Não o bastante para eu me importar.

Beijaram-se outra vez, e as mãos de Oliver foram parar na cintura de Arte, puxando-o para o colo.

— O rádio tá funcionando? — perguntou Oliver, entre um beijo e outro.

— Foi a primeira coisa que consertei — respondeu. — Por que quer saber?

— Consertou mesmo ou a fita do The Jam tá presa de novo?

— Sobre isso... — Arte riu. — Ela nunca esteve presa.

Foi a vez de Oliver rir, descendo a mão livre para tocar a perna esquerda de Arte em um carinho quase inseguro por cima do tecido jeans. Arte sorriu, o mesmo sorriso que sempre fora certeiro em deixar Oliver sem ar, e segurou a mão dele, guiando para que tocasse onde, imaginava, se escondia uma cicatriz. Oliver desejou poder beijá-la também.

— Eu sabia. Fui obrigado a ouvir "Carnation" e "Pity Poor Alfie" até não aguentar mais à toa.

— Você gostava — rebateu, com convicção.

— Ok, eu gostava — admitiu, não sendo capaz de contrariá-lo. — Na verdade, eu adoraria ouvir ela agora.

— Então vai ter que comprar uma nova, Park. Ela não tá mais comigo — respondeu Arthur, e não disse a Oliver o porquê de não estar mais com ela.

Sabia que apenas o deixaria triste. Inclinou-se para o lado e socou de leve o rádio, que começou a tocar "Strange Town".

— Vai ter que se contentar com essa.

— Não sabia que The Jam tinha outras músicas — Oliver provocou.

Arte revirou os olhos e se livrou completamente da camisa. Oliver ficou sem fôlego quando percebeu que o braço direito era fechado de tatuagens em tons de preto, que subiam até cobrir parcialmente os ombros.

Tinha esquecido o quanto Arte era bonito.

Ele se apressou para tirar a própria camiseta, tentando não se envergonhar pela exposição. Ainda estava tentando ganhar peso depois de ter ficado sóbrio, e se envergonhou pelas marcas que tinha nos braços de todas as vezes que se injetara. Não conseguiu manter contato visual, mas sentia os olhos de Arte pesando em seu corpo, deixando-o nervoso. Arte não disse nada e tomou seu braço esquerdo nas mãos, inclinando-se até que selasse uma das cicatrizes disformes com os lábios. Oliver sentiu o peito apertar e seus olhares se esbarraram.

— Você é ainda mais lindo do que eu me lembrava — Arte disse, como se soubesse exatamente o que ele precisava ouvir. Os olhos transbordavam uma sinceridade tão sensível que Oliver precisou conter a vontade de chorar porque, naquele momento, sentiu-se bonito de verdade. — Vem comigo.

Foram para o banco de trás do Plymouth 1960, o único que estava realmente inteiro e parecia quase novo. Arte o beijou, dessa vez lento e delicado, com um traço implícito de saudade, os dedos se perdendo nos fios avermelhados. Oliver lembrou da primeira vez em que o beijou e quase sentiu falta da fumaça de cigarro em sua boca. Quase.

Oliver teve que ajudar Arte a tirar a calça justa por causa da perna esquerda. Agora conseguia ver com clareza a cicatriz que se estendia do joelho até a coxa e, quando subiu o olhar para Arte, ele o observava com atenção. Percebeu refletida nos olhos selvagens a mesma insegurança de quando vira as cicatrizes dele pela primeira vez, em 1986. Mais de dez anos atrás. Sorriu e o beijou com cuidado, querendo que ele entendesse mais uma vez que o achava lindo, por cada perfeição e imperfeição. Mas dessa vez o disse baixinho, ao pé do ouvido dele.

"How Soon Is Now?" estava tocando quando Arte o abraçou. Oliver acomodou-se entre as pernas dele, os quadris chocando-se, e o sentiu sorrir contra a pele de seu pescoço. Arte parecia frágil.

De repente, Oliver temeu que tudo aquilo não fosse real — era bom *demais* para parecer real. Levou a mão até o rosto de Arte, tocando-o no maxilar e deslizando o polegar pelo pescoço dele como se quisesse se assegurar que não estava preso em uma das alucinações que costumava ter quando estava muito chapado. Arte abriu os olhos. Ali, Oliver viu o adolescente rebelde por quem se apaixonou.

Nunca se esqueceu daqueles olhos selvagens. Tentou, mas estavam gravados em seu inconsciente, em seus sonhos. E talvez não fosse capaz de esquecer nem por mil gerações.

Por um instante, Oliver sentiu o ar pesado, como se fosse difícil demais respirar, e já não era capaz de se mover. Talvez fosse por causa dos olhos conectados aos seus, que já não escondiam ou temiam mais nada. Talvez fosse apenas porque Arte era tão bonito que deixava Oliver nervoso ao ponto de esquecer tudo o que sabia.

Ou talvez fosse porque Oliver estava quebrado, perdido, e sentia que não havia nada de bonito ou nem mesmo agradável em si mesmo. Mais do que nunca, ele se arrependeu de todas as vezes que deixou a agulha ganhar.

— *Alfie* — Arte sussurrou, e sua voz soou trêmula, sensível. Ele percebeu o que acontecia, e os dedos longos encontraram o rosto de Oliver, trazendo-o para perto. Os lábios roçaram de leve aos seus e a respiração quente fazia cócegas. — Eu nunca desisti de você.

Oliver enterrou o rosto no pescoço de Arte, e o coração ardia. Todos haviam desistido dele, até ele mesmo. Mas Arte...

Naquela noite de verão, transaram dentro do Plymouth 1960. Estavam outra vez em 1986, vivendo a inconsequência do primeiro amor.

"There Is a Light That Never Goes Out" tocava baixinho, quase tímida, na vitrola antiga que Arthur tinha na sala quando Oliver deitou a cabeça em seu colo. Estavam no sofá da casa dele, os cabelos úmidos depois de um banho onde trocaram mais beijos do que deveriam, e em um silêncio que só era confortável porque era entre os dois. Arthur deslizou os dedos pelos cabelos vermelhos de Oliver, com o coração apertado.

— Oliver — sussurrou, escondendo o nervosismo. E o viu sorrir, de olhos fechados, por tê-lo chamado pelo nome. — Eu quero viver os últimos dez anos que perdi do teu lado.

Era um pedido velado. Oliver ergueu os olhos em sua direção e, com o sorriso mais bonito do que qualquer estrela que Arthur colecionara durante as noites dentro do Plymouth 1960, aceitou.

Dez anos se tornaram vinte. E depois, trinta.

Mesmo que não fosse eterno, Arthur amou o garoto Alfie por uma vida.

E Oliver amou Arte por toda a eternidade.

Até o último acorde.

EPÍLOGO

AMORES DOURADOS E JUVENTUDE ROCK'N'ROLL

Vou chorar sem medo
Vou lembrar do tempo
De onde eu via o mundo azul

— "O ASTRONAUTA DE MÁRMORE"
NENHUM DE NÓS

PRIMAVERA, 1997

Os Skywalkers estavam de volta a Bruma do Sul. A cidade permanecia parada no tempo, exatamente como eles se lembravam. Naquela tarde, tocariam em comemoração ao aniversário da cidade, no ginásio da antiga escola onde estudaram — que também não havia mudado nada. Johnny até mesmo ficou todo faceiro quando se deparou com a pichação que fizera doze anos antes no muro da escola. Era sempre uma sensação esquisita voltar para lá. Havia algo naquela cidadezinha... algo melancólico e frio.

Naquele momento, esperavam o início do show nos bastidores, que nada mais era do que uma sala de aula. Ela parecia bem menor do que se lembravam. Não foi difícil convencer a nova diretora a deixá-los tocar naquela ocasião; afinal, os Skywalkers sempre seriam populares naquele lugar. Não duvidava que ainda tocassem na Vigente FM.

Mesmo com todo o sucesso que viriam a fazer, eles nunca se esqueceriam do lugar onde tudo começou.

Não tiveram tempo de ensaiar nada e decidiram repetir a setlist que haviam tocado na festa junina de 1986.

— Se tu errar em "Every Breath You Take", eu vou quebrar a tua cara. Ouviu, paulista? — ameaçou Johnny, apontando uma baqueta na direção do guitarrista-base.

Oliver o desarmou com um sorriso e empurrou Johnny quando ele tentou bagunçar o seu cabelo, os dois compartilhando uma risada.

A primeira coisa que Oliver fez quando viu os amigos foi abraçar cada um deles. Eles pareciam exatamente iguais. Johnny agora tinha o cabelo nos ombros, no seu tom natural de ruivo, e ainda se vestia como punk. Parecia tão afiado quanto antes. Dani estava com os cabelos curtos, quase raspados, e usava roupas certinhas de adulto. Seu sorriso ainda era gentil. Já Leo nunca mudava. Estava exatamente igual.

Oliver se desculpou pela última vez em que os vira, quando estava internado.

— Tá tudo bem — disse Dani, abraçando-o outra vez. — A gente tá feliz que você tá bem agora.

— Isso que importa. — Leo deu um tapa doloroso em suas costas.

— Mas tu me deve quarenta pratas — Johnny avisou, o tom quase grosseiro. No entanto, Oliver o conhecia bem demais e sabia que ele estava brincando.

Não foi nada fácil reunir os cinco. Dani estava sempre ocupado demais e mal tinha vida fora da empresa onde trabalhava. Leo era casado e tinha uma filha que acabara de completar um ano. Johnny, relativamente famoso com uma banda de punk, vivia em turnês pelo país. Ainda assim, nenhum deles recusou.

Os Skywalkers estavam juntos outra vez.

Antes de entrar no palco, Arte puxou Oliver para o lado e o beijou. Na frente dos amigos, que pareciam tão felizes quanto os dois por terem se reunido.

— Para dar sorte — sussurrou Arte, sorrindo cheio de charme.

Subiram no palco diante de aplausos. Eram novamente cinco garotos repletos de sonhos e apaixonados por música. Arte caminhou até o microfone e sorriu para o público.

— Nós somos os Skywalkers. — Só então Arthur se deu conta que errou ao pensar que nunca mais diria aquelas palavras. — Hoje é um dia especial. Quero ver vocês dançando, ok? — Virou-se para a banda e todos sorriam de volta. — Um, dois... um-dois-três...

Começaram com "Twist and Shout": aquela música sempre era certeira em levar uma multidão à loucura. Enquanto tocava, Oliver pensou na apresentação de 1986 e no quanto se sentiu nervoso tocando em público pela primeira vez. Agora a sensação era semelhante, mas era um nervosismo bom, bem na boca do estômago, uma felicidade que há anos não sentia. Tocar com os Skywalkers era incrível. Namorar Arte era incrível. Estar vivo para viver tudo aquilo outra vez era incrível.

No final do show, levou uma bronca de Johnny porque havia errado em "Every Breath You Take" de propósito. Os cinco entraram nos carros e saíram juntos para comemorar. A opção mais óbvia era o bar do Monco, e foi exatamente o lugar que escolheram para se encontrar.

— Eu preciso ir a um lugar antes — Arte avisou.

Oliver dirigiu até o cemitério da cidade. Os dois caminharam até encontrar a lápide que Arte procurava e, quando a encontraram, ficaram imersos em silêncio por longos minutos.

— Eu nunca me despedi dela — Arte disse, depois de um tempo.

Oliver, que também nunca havia se despedido da mãe, entendia o que ele queria dizer. Se manteve em silêncio.

— Eu fui embora sem nem me despedir dela — Arte continuou. — Ela nem lembrava do meu nome. — Uma pausa. Arte limpou a garganta. — Eu deixei ela sozinha com um monstro.

Aquela era a primeira vez em todos aqueles anos que Arthur tinha coragem de visitar o túmulo da mãe, que faleceu pouco tempo depois que ele foi embora da cidade. Mas Oliver estava ao seu lado e lhe dava toda a coragem de que precisava.

— Você disse que seu pai nunca machucaria ela.

— Eu não sei o que aconteceu depois que fui embora. Ele descontava tudo em mim, e se...

— Para com isso — Oliver interrompeu, acolhendo-o em um abraço. — Você se culpa demais, Arte. O que você ia fazer? Seu pai não te deu escolha.

Arthur não disse nada. Também não chorou. Manteve-se impassível, encarando o túmulo como se esperasse que alguma coisa acontecesse. Qualquer coisa. "Laura Betina Guimarães Becker" estava entalhado na pedra, com as datas de nascimento e morte e os dizeres "Amada mãe e esposa". Arthur se perguntou se ela lembrou alguma vez dele antes de morrer. Se lembrou do seu nome, se o perdoou. Na lápide ao lado, o nome de Beni. Arthur fechou os olhos.

Foram embora depois de alguns minutos. A mãe de Oliver também estava enterrada naquele cemitério, mas ele preferiu não visitar o túmulo. No entanto, viu-o de longe, com algumas flores ao redor. Provavelmente de algum amigo, talvez um familiar, quem sabe Sophia. Fazia anos que Oliver não via a irmã. Não a procurou porque sabia que ela preferia fingir que ele também estava morto.

Talvez fosse melhor assim. Já tinha a única família de que precisava.

Antes que anoitecesse, Oliver e Arte encontraram os Skywalkers no Monco. O velho Monco já não estava mais entre eles, mas o bar resistia porque alguém da cidade o havia comprado e mantido o nome em sua homenagem. Afinal, fazia parte da história de Bruma do Sul. O lugar estava muito mais moderno do que se lembravam e o chão já não era mais grudento de cerveja.

Os cinco brindaram pelo reencontro da banda e Leo se prontificou a pagar uma porção de batata frita — mas só uma. Conversaram muito sobre os velhos tempos e riram juntos, como há muito não faziam. Então, a porta do bar se abriu e por ela surgiu Aline. Ela estava quase irreconhecível, com os cabelos ruivos longos e um casaco amarelo florido. Mas ainda usava coturnos enormes. Oliver levantou da mesa e foi correndo ao encontro dela. Abraçaram-se forte e, mais uma vez, ele se desculpou. Aline não deixou que ele terminasse.

— É bom te ver, Oli — disse, sincera.

Dessa vez, Oliver disse o quanto sentiu falta dela. Não perderia outra oportunidade.

— Porra, Lina! — Leo gritou da mesa, para todo bar ouvir. — Quando que tu vai assistir um show nosso, hein?

— Já disse que não preciso assistir. Já ouvi vocês o suficiente por uma eternidade.

Beberam juntos e colocaram o assunto em dia. Aline disse que se casaria no verão de 1999, com uma mulher chamada Beatriz. Ainda não podiam se registrar oficialmente, mas a cerimônia seria simbólica.

— Vai nos chamar pra tocar no seu casamento? — perguntou Oliver. — Podemos até revezar. Skywalkers e Codinome Pirata.

— Pode ser — ela respondeu, dando de ombros. — Mas não vou pagar.

Johnny jogou uma baqueta nela. Ninguém conseguia acreditar que ele ainda carregava baquetas para cima e para baixo. Algumas coisas não mudavam mesmo.

— Nós deveríamos fazer isso todos os anos — Dani sugeriu, já meio bêbado depois de algumas cervejas.

— Digo que deveríamos fazer isso duas vezes ao ano — Johnny completou. — E eu acho que o Jorginho, como um bom pai de família, deveria fazer um churrasco na casa dele pra todos nós.

Houve uma concordância mútua, até que Leo deu o braço a torcer. Depois de umas boas doses de cerveja, Johnny e Leo levantaram da mesa e foram até o karaokê cantar "Amigo punk", do Graforréia Xilarmônica, a plenos pulmões, pulando abraçados como se fossem dois moleques outra vez. O bar inteiro cantou com eles. A próxima música, escolhida por Dani, foi "Evidências". Àquela altura, Leo estava tão bêbado que chorou enquanto gritava o refrão. Aline estava quase passando mal de tanto rir. Depois disso, o karaokê foi fechado.

Antes que a noite acabasse, Arte puxou Oliver até a jukebox velha e colocou "Just Like Heaven", do The Cure, para tocar.

— Eu disse que ia te levar pra dançar um dia, não disse? Vem.

Oliver riu gostoso, mas passou o braço em volta da cintura dele e, juntos, dançaram sem se importar com os olhares tortos que recebiam. Oliver precisou guiá-lo por causa da perna esquerda e, ainda assim, Arte conseguia dançar mil vezes melhor que ele. Não demorou muito para que os amigos se juntassem à dança. Dançaram como os garotos que sempre seriam.

Oliver não tirava os olhos de Arte. Ele era ainda mais bonito quando estava feliz, livre de qualquer melancolia e com cicatrizes curadas e pintadas à sua maneira.

Na primavera de 1997, Oliver percebeu que se apaixonar pela segunda vez era tão bom quanto a primeira. Os primeiros amores doíam, mas segundos amores eram dourados. Arte seria eternizado como a definição de "amor" em seu dicionário particular e, assim, seria um eterno apaixonado.

CARTÃO-POSTAL Nº 23

Alfie,

You soft and only

You lost and lonely

You just like heaven

P.S.: Eu te amo, gracinha.

Rua Sete, nº 12
Bruma do Sul, RS
CEP 96357-812

"Just Like Heaven"

AGRADECIMENTOS

Não, *Por Alfie* não é um erro de digitação. Sei que você está pensando em "Poor Alfie"; afinal, foi onde tudo começou. E vai muito além de uma fita presa em um Plymouth 1960.

A verdade é que ninguém sabe ao certo o que a música "Pity Poor Alfie" realmente quer dizer. Paul Weller com certeza deve ter uma ideia e talvez tenha até discutido isso em alguma entrevista para alguma revista de música nos anos 1980. Eu não consegui encontrar muita informação on-line quando estava imersa no álbum *The Gift*. Alguns sugerem que a música aborda um amor proibido entre Alfie e o narrador, outros falam sobre a morte de uma subcultura, e até mesmo sobre a jornada de uma criança que cresce sem escolhas até se tornar um adulto com poucas possibilidades. Para mim, fala sobre tudo isso e um pouco mais. Mas, principalmente, sobre a perda da inocência e o amor mais intenso que existe: o primeiro.

De qualquer forma, ao ouvir essa música, eu senti que ela poderia dar uma história legal. A energia da melodia, sabe? Coloque a canção para tocar agora e me diga se você não consegue visualizar o sorriso cínico que o Arte sempre tem a oferecer para Oliver! Foi com essa imagem em mente que comecei a escrever essa história. O primeiro esboço foi uma bagunça, mas mesmo assim tomei coragem de postá-la online. Nunca imaginei que alguém fosse ler, mas para minha surpresa, as pessoas leram. E gostaram! Essa é a magia das fanfics. Escrevemos sobre coisas que amamos para pessoas que compartilham dessa paixão, e, por isso, sou profundamente grata aos EXO-Ls por terem sido os primeiros a dar uma chance para essa história.

Por Alfie: Até o último acorde surgiu como uma fanfic em 2017, de alguém que simplesmente queria explorar um pouco o universo da música e treinar a escrita. Durante o processo de criação, busquei inspiração em várias obras que retratam décadas passadas (afinal, não vivi nelas). Filmes como os de John Hughes, *De volta para o futuro*, *Conta comigo*, *Donnie Darko*, *Os garotos perdidos*, *Footloose*, *Sing Street* e outros. Também me inspirei na primeira temporada de *Stranger Things* e em livros como *The Outsiders*, *Mate-me por favor*, *Eleanor & Park*, várias obras de Stephen King e mais. Assim, nasceu uma obra repleta de clichês dos anos 1980.

Nunca imaginei que essa história fosse se tornar mais do que uma fanfic despretensiosa, mas aqui estamos. Ainda não consegui assimilar por completo. Talvez a ficha só caia quando eu segurar o livro físico em mãos, ou talvez nem mesmo então.

Essa história me levou por uma montanha-russa de emoções nos últimos sete anos. Me trouxe coisas incríveis, mas também algumas dores. Trata-se de transformar algo difícil em um sentimento novo, mas bom. Como dizem, é como pintar cicatrizes e assim por diante. Ainda é assustador, e sinto um enorme frio na barriga quando penso no futuro, mas enfim posso dizer que estou feliz e profundamente emocionada com o que essa história se tornou. Sou eternamente grata a todos aqueles que me ajudaram a chegar até aqui.

Agradeço à Babi Dewet, que foi muito mais do que minha agente literária. Obrigada por me dar a chance com que eu sempre sonhei e por não ter deixado que eu desistisse disso ao segurar minha mão nos momentos difíceis. Você abriu portas para diversos escritores de fanfic e é nossa padroeira das fanfics brasileiras. Sempre que você diz que é fã da minha história, eu tenho vontade de escrever mais um milhão delas. Você me inspira.

Agradeço à equipe editorial maravilhosa da Rocco: Ana Lima, por acreditar na minha história e me dar essa oportunidade de ouro. Giuliana Alonso e Catarina Notaroberto, pelo cuidado e dedicação no processo de criação deste livro. Vocês são umas queridas! Minha gratidão se estende a cada um que trabalhou nos bastidores e tornou este livro possível. Que orgulho fazer parte desse selo ao lado de outros escritores incríveis, mas especialmente daqueles que, como eu, começaram como fanfiqueiros. Isso é uma prova de que as fanfics também são uma forma de literatura e que coisas maravilhosas podem ser criadas dessa maneira.

Agora, sobre minha família. Gostaria de expressar minha gratidão ao meu pai, por me ensinar o verdadeiro significado do amor à música e por compartilhar suas histórias sobre a banda de garagem dele. Se alguém estiver interessado, saibam que agora ele usa um afinador porque achou outras formas de ser contra o sistema (mentira, ele não usa afinador porque consegue tirar de ouvido, o cara é bom nesse nível).

Agradeço à minha mãe, por sempre me incentivar a ler desde o início e por ter lido *O meu pé de laranja-lima* para mim quando eu era criança. Essa história me marcou muito, e foi ali que decidi que queria escrever coisas que também pudessem marcar outras pessoas, mesmo que fossem apenas histórias.

Agradeço ao meu irmão por ter puxado minha orelha quando eu disse que apagava minhas histórias porque nunca as terminava. Não apaguei essa, Nado.

Agradeço ao Guilherme, que sempre me disse que eu era capaz de realizar meu sonho e me fez acreditar nisso. Você disse que era meu maior fã, mesmo nunca tendo lido nada que eu escrevi. Prometo que esta história eu vou deixar você ler. Só não me diga se não gostar!

Agradeço aos meus amigos: Ernest, Analu, Kiki, Murilo e Bárbara, que me ajudaram a recolher os pedaços e me reconstruir (e por guardarem segredo! Isso inclui você, May). Brenda, obrigada por me introduzir ao fandom do EXO e por me incentivar a escrever (essa história não teria existido sem isso!). Heloísa, por ter me ajudado muito com essa história desde o início. Obrigada também a Milena, Katherinie e Ana por terem me distraído de sentimentos ruins, mesmo sem saber (sinto muita falta de escrever com vocês). Ananda e Helena, por nunca duvidarem de que um dia eu teria uma história minha publicada (pena que os milhares de "autógrafos" não vão contar mais). Jade, por ter crescido comigo. Até hoje temos um lado meio bobo que só existe entre nós duas. Às vezes, é tudo de que precisamos.

Agradeço, especialmente, aos leitores que estiveram aqui desde que essa história era apenas uma fanfic. Nunca imaginei que os personagens que criei se tornariam tão queridos por tanta gente, muito menos que algo que eu escrevi seria capaz de inspirar outras pessoas. Isso me motiva todos os dias. *Todos*. Obrigada por permanecerem aqui; vocês me deram muita coragem para dar esse passo, e eu amo cada um de vocês. Vocês foram meu pilar nos momentos mais difíceis e minha maior inspiração para continuar escrevendo. Esse sonho não teria se realizado sem vocês, de verdade.

Agradeço, enfim, aos novos leitores. Espero que esta história tenha conseguido transportá-los para um pedacinho dos anos 1980 durante o tempo que dedicaram a essa leitura. Obrigada por darem uma chance à história desse grupo de adolescentes desajustados que encontraram refúgio na música e uns nos outros.

Por último, mas não menos importante: meu muito obrigado ao EXO. Pelas músicas, mas, principalmente, por tornarem uma parcela do meu dia mais leve. Vocês têm uma parte da minha juventude, e sou grata por cada segundo.

Como diz aquela música do The Smiths: existe uma luz que nunca se apaga, e fico feliz por não ter deixado a minha luz se extinguir. Cuidem bem da de vocês também! Façam o que amam, mesmo nas pequenas coisas. Seja ler uma boa história, escrever uma fanfic, dançar enquanto limpa a casa ou ouvir o mesmo maldito álbum do The Jam sem parar.

Com todo o meu amor (e até o último acorde),

Jonnie Dantas

Impressão e Acabamento:
LIS GRÁFICA E EDITORA LTDA.